맛있는 영어 표현 삼공삼

정철호지음

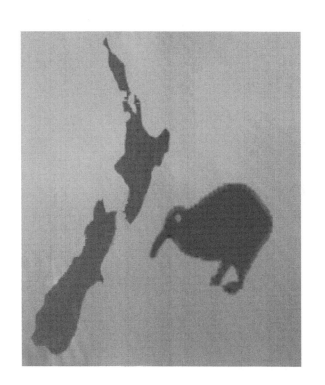

맛있는 영어 표현 삼공삼

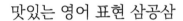

발 행 | 2019년 4월 11일
저 자 | 정철호
펴낸이 | 한건희
펴낸곳 | 주식회사 부크크
출판사등록 | 2014.07.15(제2014-16호)
주 소 | 경기도 부천시 원미구 춘의동 202
춘의테크노파크2단지 202동 1306호
전 화 | 1670-8316
이메일 | info@bookk.co.kr

ISBN | 979-11-272-6909-8

www.bookk.co.kr

맛있는 영어 표현 삼공삼

정철호 지음

〈머리말〉

자기의 생각을 올바르게 표현하는 것은 결코 쉬운 일이 아니다. 그런데 그것을 영어로 말한다는 것은 상상하기 조차 싫을 것이다. 어학이라는 것은 어른이 되어서는 더 배우기가 힘들다. 그것은 10층 건물을 올라 가는데 1층부터 올라가지 않으려고 하는 마음에 있다. 무엇이든지 기초가 중요하다. 나이가 먹었다고 아이들이 하는 영어를 무시해서는 안 된다. 차근차근 쉬운 영어부터 배워 나가는 자세가 필요하겠다. 여기 '맛있는 영어 표현 삼공삼'은 저자가 뉴질랜드에서 겪은 이야기를 통해서 영어 표현을 아무런 부담없이 습득하도록 하였다. 그냥 소설 읽듯이 읽다 보면 여러분도 영어에 대한 두려움이 사라지고 영어 회화가 즐거울 것이라고 생각된다. 하루에 하나씩 303일 동안 이 책을 읽는다면 1년후 여러분은 놀라운 것을 경험할 것이다.

1 일차: Watch your language!

오늘의 간단한 영어 표현

가까울수록 말을 조심해야 합니다.
그건 그런 가벼운 말들이 가까운 사람에게 큰 상처가
될 수가 있기 때문입니다.
특히 친구나 형제에게 말할 때 조심해서 사용해야
합니다.

그런 경우에 사용하는 표현입니다.

Watch your language, my buddy!
말조심하게나, 친구야!

오늘 옆에 있는 친구에게 한 번 해 보세요.
가까운 친구일수록 예의와 예절을 지켜야 합니다.
그리고 항상 일정한 거리를 유지하는 것도 기억해야
합니다.
너무 가까우면 충돌이나 추돌하게 되어 있습니다.
오늘도 친구와 더불어 행복한 하루 보내시길 바랍니다.

2 일차: Mind your language!

오늘의 간단한 영어표현

Watch your language! 가 뭐라고 했지요?
친구사이에 사용하면 좋을까요?
Watch대신에 mind를 써도 됩니다.

Mind your language!
너의 언어를 꺼려해라!

즉, "말조심해" 말을 가려서 이야기하라는 것입니다.
조심해라는 표현으로는 watch it! 또는 watch your
step!도 있습니다.
You'd better watch your step or you'll be in
trouble with your lover again.
너는 조심해야 하는 게 나을 거야 그렇지 않으면 네 애인
과 또 다시 곤경에 빠지게 될 걸.

오늘도 행복한 하루 되세요

3 일차: How about a hair of the dog?

오늘의 간단한 영어 표현

남자들은 기분이 좋을 때도 안 좋을 때도 술을 마십니다.
좋으면 좋아서 먹고 안 좋으면 안 좋아서 먹고...
그렇지만 주량에 맞추어서 술을 마셔야 됩니다.
술을 마신 다음 날 우리는 해장술을 마십니다.
그럼 여기서 "해장술 어때" 라는 표현은 어떻게 쓰면
될까요?
~하는게 어때? 는 How about 이나 what about을
쓰면 되는 건 아시지요? 그래서...

How about a hair of the dog?
이라고 합니다.

이열치열이라고 합니다. 미친개에게 물렸을 때
그 개의 털이 좋다는 미신에서 이런 표현이 나왔습니다.
오늘 술을 드시고 내일 친구 만나면 사용해 보세요.
오늘도 화이팅 하면서 살아요.

4 일차: Long time no see.

오늘의 간단한 영어 표현

친구란 언제 만나도 기분 좋은 사람입니다.
같은 시대를 살아서 무엇을 이야기해도 공감대가 형성이
됩니다. 그렇지만 세월이 가면서 친구들과 우연치 않게
헤어지게 되고 그만 연락이 끊기게 됩니다.
그러던 어느 날, 길거리에서 친구를 만나게 될 때
사용하는 표현입니다.

Long time no see.
오랜만이야!

외국에서 많이 사용합니다. 사람 사는 게 다 똑같습니다.
사람 만나는데 그렇게 오랜 시간이 걸리다니...
곁에 있을 때 잘해 줍시다. 항상 오늘이 마지막이라고 생
각하고 오늘 하루를 살았으면 합니다. 그러면 오늘이 달
라 보일 겁니다. 항상 내일이 있다는 생각을 하기에 사람
들은 여유 아닌 여유를 즐기고 그 가운데에서 많은 것을
놓친답니다. 하루를 살아도 후회하지 않게 사는 하루가
되었으면 합니다.

5 일차: How have you been?

오늘의 간단한 영어표현

오랜만에 친구를 만나면 뭐라고 해야 한다고 했지요?
"Watch your language!" 라고 하면 되나요?
오랜만에 만나서 이런 말하면 친구가 좋아하겠지요.
"오랫동안 못 보았다"라고 해야 하니까
Long time no see. 라고 했습니다.

이와 같은 표현으로

How have you been? 이 있습니다.
어떻게 지내왔나요?

여기서 눈여겨보아야 할 것은 현재완료입니다.
Have been은 현재완료입니다.
과거서부터 현재까지 일어난 일...
즉 과거에서부터 현재까지 잘 지내왔냐? 라는 것을 물어
보는 것입니다
그럼

Where have you been? 은 무슨 뜻일까요?
친구가 안 보이다가 보이네요. 그러면 뭐 하다 왔는지
궁금하지요.

그럴 때 쓰이는 표현입니다
어디에 다녀왔어요? 어디 갔었어요?
어디 있었어요?

누군가가 있다가 없으면 이상합니다.
우리가 살면서 느끼지만 과거에 너무 집착하는 건
안 좋은 것 같습니다. 과거는 이미 지나간 것이기 때문입
니다. 과거에 집착하다보면 현재를 놓치기 마련입니다.
미래를 준비하는 것도 중요하지만 미래를 준비하다 보면
정말 중요한 현재를 간과하기 마련입니다.
현재 즉 지금을 소중히 여기고 사는 하루가 되었으면
합니다.

지금 바로 옆에 있는 가족 그리고 친구가 세상에서 제일
좋은 선물이랍니다.

6 일차: It is a total mess!

오늘의 간단한 영어표현

항상 사람들이 정리정돈하고 잘 사는 건 아닙니다.
집에 왔더니 아이들이 거실에 온갖 물건들을 너저분하게
해놓고 산다든지 방안에 온갖 쓰레기가 뒹군다든지...

그럴 때 사용하는 표현입니다

It is a total mess!
"이거 완전 개판이야"

mess 라는 단어는 사람들이 많이 사용하는
단어입니다.
외국에서 방안이 너무 지저분하면 이렇게 이야기하기도
합니다.

"What a mess!!"
"참 지저분하군!"

이럴 때도 mess라는 단어를 사용합니다.

오늘 자신의 방을 한 번 보세요.
딱 어울리는 표현인가요?
자신의 방은 자신의 거울이라고 합니다.
여러분들은 잘 정리정돈하시는 분들이지요.
반대로 정리가 잘 된 것은 tidy라는 단어를
사용하면 됩니다.
mess는 untidy state를 말합니다.
다른 예문입니다
Your room is in a mess.
(당신의 방은 지저분합니다.)

즐거운 하루 보내세요.
당신이 있는 지금 이 순간은 누구에게는 오지 않은
소중한 시간입니다.

7 일차: It makes my mouth water

오늘의 간단한 영어 표현

동네 시장에 가면 참 먹을 것이 많습니다.
순대랑 떡볶이랑 라면 등...
밥 먹을 시간이 되어서 가면 더욱 먹고 싶습니다.
배는 고프고 힘들고 맛나는 음식을 보면 마구 입안에는
군침이 돕니다.

그럴 때 사용하는 표현입니다.

"It makes my mouth water"
"군침이 돕니다."

또는
My mouth is watering 이라고도 합니다.

갑자기 오늘은 뭐 먹을까 고민이 되시나요?
사람은 먹고 살려고 돈을 번다고 합니다.
하루에 단 세 끼 먹는 것 잘 먹도록 해야 합니다.
그나저나 오늘은 뭘 먹을까나?

8 일차: This is my treat!

오늘의 간단한 영어 표현

오랜만에 친구를 만나면 우린 저녁을 먹곤 합니다.
저녁을 먹고 나서 우리는 친구보다 저녁 값을 먼저
내려고 합니다.
좋은 친구를 만났는데 뭐가 아까운 게 있겠습니까?
그러니까 친구겠지요.

그럴 때 쓰는 표현입니다.

This is my treat!
"내가 낼께!"

Treat는 취급하다, 다루다의 동사의 뜻과
대접, 한턱이라는 명사의 뜻을 가지고 있습니다.
오늘 친구를 만나서 저녁을 먹고 나서 한 번 사용해 보세
요. 만날 친구가 없다고요? 인생은 짧다고 하면 한없이 짧
고 길다고 하면 질기게 깁니다.

그런 인생, 친구 하나 있어야 외롭지 않습니다.
주위에 친구가 없어도 당신을 그리워하는 친구는
있습니다.
우정이란 짝사랑 같은 것입니다.

친구라고 생각하는 친구가 친구가 아닌 경우도 있고
그냥 아는 사이라는 사람이 어려울 때
도와주기도 한답니다.
친구는 사귀기는 힘들어도 헤어지기는 너무 쉬운
유리와 같습니다.

좋은 친구를 만나기 위해서는 본인이 좋은 친구인지
오늘 거울 속에서 찾아보시기 바랍니다.

9 일차: I am on your side.

오늘의 간단한 영어 표현

친구랑 만나면 항상 기분이 좋은 것 같습니다.
같은 시절을 보내고 같은 시대에 태어났기에
서로가 통하는 것도 많고 이해도 할 수가 있고요
이러한 친구가 다른 사람하고 문제가 생기면
여러분은 누구 편을 드시나요.
그럴 때 사용하는 표현입니다.

I am on your side.
"나는 네 편이야"

오늘 친구랑 만나면 한 번 사용해 보세요.
그러면 친구가 뭐라고 할까요.
Watch your language! 라고 하나요?
아니면 술 먹으러 가자고 하나요? 그리고
This is my treat. 이라고 하겠지요.
안주가 맛있는 것이 나오면 어떡하지요
It makes my mouth water. 라고 말할까요.
오늘도 즐거운 하루되시길 바랍니다.

10 일차: Let's go Dutch.

오늘의 간단한 영어 표현

지난 시간에 배운 거 기억나시나요?
친구들끼리 만나서 저녁 먹으러 가면 친구를 만나서 기분도 좋고 해서 "내가 저녁을 산다."라고 할 때 쓰는 표현 "내가 낼 게!"가 뭐라고 했지요

This is my treat. 이라고 했지요

기억나시나요?

그런데요 외국에서는 혼자 다 내는 경우는 별로 없습니다. 음식을 같이 먹고 음식 값을 낼 때는 자기가 먹은 음식 값은 자기가 냅니다. 그래서 카운터에 줄을 서서 밥값을 내는 경우를 흔히 볼 수가 있습니다.

그럴 때 사용하는 표현입니다

Let's go Dutch.
"각자 알아서 냅시다."

직역하면 "네덜란드 식으로 하자"입니다.

Dutch는 네덜란드라는 의미이지요,

네덜란드인의 근검절약하는 생활상에서 나왔다고
합니다.
가끔은 각자 알아서 분담해서 내는 것도 좋겠지만
그래도 친구랑 먹을 때는 기분이 제일 좋은 친구가 먼저
내는 게 맞는 것 같습니다.

친구사이에 무엇이 아깝겠습니까?
그러니까 친구 아닌가요?

가까이 있으면 언제나 기분 좋은 사람
그런 이를 우리는 친구라고 부른답니다.
여러분들도
그런 친구 분들 다 하나씩은 있겠지요.

11 일차: Everything went down the drain.

오늘의 간단한 영어 표현

우리가 살다보면 여러 가지 일을 겪곤 합니다.
열심히 준비했는데 예상치 않는 일이 발생해서 그르치는
경우가 있습니다.

그럴 때 사용하는 표현입니다.

Everything went down the drain.
모든 것이 수포로 돌아갔어!

수포는 물거품이라는 의미입니다.
직역하면 "모든 것이 하수구 밑으로 나갔어."

여기서 간단한 문법 하나!

every는 단수 취급하는 것 기억하세요?

모든 것이라는 뜻이어서 복수취급하기 쉽답니다.
여기서 모든 것이라는 것은 하나하나를 한꺼번에 말하는
것입니다.
중요한 것은 이 하나 하나가 더 중요하다는 사실.

사람이 살다보면 안 되는 것도 있습니다.
그렇지만 안 되는 것도 있지만
잘되는 것도 있다는 사실.

불행이 있기에 행복이 있습니다.
불행하다는 것은 행복할 수가 있다는 것입니다.
불행이 없다면 행복은 없습니다.
그래도 불행 없는 날을 꿈꾸어보며...

12 일차: Cheer up!

오늘의 간단한 영어 표현

어제 배운 영어표현 기억나시나요?

"모든 것이 수포로 돌아갔다." 라는 거요.

한 번 생각을 해 보세요.
뭐라고 했더라?
모든 것이 시궁창으로 빠진다는 거지요.
그래서

Everything went down the drain이라고 했습니다

그런 친구에게 뭐라고 해야 하나요?
Watch your language! 라고 해야 하나요?

아니면
It makes my mouth water라고 하나요?

그럴 때 사용하는 표현입니다.

Cheer up!
힘내라 힘!!

어깨가 축 처진 친구에게 한 번 말해보세요

힘내라 친구야!

Cheer up! my buddy!

You can do it.

여러분 cheer up!

13 일차: Never mind!

오늘의 간단한 영어 표현

친한 친구가 내가 무슨 일을 하는데 도와주려고
합니다.
그런데 때때로 혼자 하는 게 나을 때가 있습니다.

그럴 때 사용하는 표현입니다

Never mind!
괜찮아! 신경쓰지마! 걱정하지마!

직역하면, 마음에 두지마!
또는 꺼림칙하게 생각하지 마!

인간은 태어날 때도 혼자였고 죽어서도 혼자라고
합니다.

죽음이라는 것이 타인이 되는 과정이라고 합니다.
모든 것을 잊고 이제 누군가의 무엇이 아닌 남남이 되어
가는 과정입니다.

누구나 혼자 있고 싶을 때가 있습니다.
때론 신경을 안 써주는 것이 도와주는 경우도 있습니다.
누군가를 도와준다는 것이 오히려 해가 되는 경우도 있기
에 항상 주의해야겠습니다.

오늘 친구가 무슨 문제가 있다면 먼저 그 친구가 왜 그런
지에 대하여 고민하고 알아본 후에 도와주어야겠습니다.

남이 원하지 않은 배려는 배려가 아니라는 것을 기억하면
서 오늘도 즐거운 하루가 되었으면 합니다.

14 일차: He is a pain in the neck.

오늘의 간단한 영어 표현

사람들 만나다 보면 여러 종류의 사람들이 있습니다.
다른 사람을 배려도 해주고 도와주는 친구가 있는 반면에
매사에 비협조적이고 불만이 많은 친구가 있습니다.

그럴 때 사용하는 표현입니다.

He is a pain in the neck.
"그 사람은 골칫덩어리야"

직역하면 그는 목 속에 있는 고통이야 라는 겁니다

주위에 그런 친구가 혹시있나요?
.
혹시 당신이 그런 친구인가요?

항상 누군가에게 꽃이 되는 사람이 되었으면 합니다.

15 일차: He drinks like a fish.

오늘의 간단한 영어 표현

남자들은 친구들끼리 만나면 보통 술을 마시곤 한답니다.
그래서 술을 잘 못하는 친구가 있으면 조금 불편을 느낍
니다. 그러나 그런 친구가 끝까지 남아서 술 취한 친구를
챙겨주는 경우가 많습니다.
꼭 술을 잘 마셔야 좋은 건 아닌 가 봅니다.

그래도 술을 잘 마시면 사회 생활을 잘 할 수 있다고
합니다. 그렇게 술을 잘 마시는 친구를 뭐라고 하나요.

그럴때 사용하는 표현입니다.

He drinks like a fish.
그는 술고래야.

고래가 아니고 물고기이네요.

직역하면 그는 물고기처럼 마신다. 입니다.

혹시 당신도 물고기과인가요?

술을 많이 마신다고 좋은 건 아닙니다.
분위기에 맞추어서 잘 마셔주는 것이 좋은 것이지요.
술을 마실 땐 기분이 좋지만 술을 마신후의 상황도
생각할 줄 아는 현명한 사람이 되었으면 합니다.
그런데 오늘은 누구랑 술 한 잔 하지?

16 일차: I don't care.

오늘의 간단한 영어 표현

친구들을 보면 성격들이 다양합니다.
내성적인 성격, 외향적인 성격, 3차원 성격 등
한국 사람들은 외국에 나가면 한국에서처럼 집 장만에
목숨을 건답니다.
외국 사람들은 그냥 매달 렌트비를 내면서 사는데
한국 사람들은 목돈을 모아 집을 사려고 합니다.
그런데 집을 샀더니 집 가격이 떨어지면 참
속상하답니다.
그런데도 아무렇지도 않은 사람도 있답니다.
그들은 이런 말을 한답니다.

I don't care.
"나랑 상관이 없어"

상관이 많을 것 같아 보이는데...왜 그럴까요?
강해 보이려고 하는 걸까요? 아니면 뭘까요?
모든 일을 남의 일처럼 생각하는 사고방식...
참 편하게 살지요.

고등학교 때 한 친구는 학교에 항상 늦곤 했습니다.
선생님한테 혼나도 또 늦고 또 지각하고
그 친구가 이런 말을 했습니다.

I don't care if I am late for school.
학교에 늦든지 말든지 나랑 무슨 상관인데...

그냥 한 대 맞으면 되잖아...

참 성격 좋은 친구였습니다.
지금 뭐 하나 모르겠네요?
오늘 갑자기 그 친구의 성격이 부러운 것은
무슨 이유일까요?

17 일차: Are you kidding?

오늘의 간단한 영어 표현

친구를 만나면 스스럼없이 이런 저런 이야기를 나누곤
합니다. 별 일도 아닌 이야기를 과장하기도 하고 마음 속
깊은 이야기도 스스럼없이 하기도 한답니다.
물론 술이 들어가면 더 한 이야기도 하지요.
술의 힘은 그래서 막강한 것 같습니다.
그런데 오랜만에 만난 친구가 10년 사귄 여자 친구와
헤어졌다고 합니다.

그럴 때 사용하는 표현입니다.

Are you kidding?
"너 농담하는 거지?"

직역하면 " 너 장난하는 거지?" 입니다.

Kid란 단어는 어린이라는 뜻도 있지만
속어로 '장난'이라는 의미도 있습니다.

또한 이런 말도 하기도 합니다.

Are you serious?
"정말이니?"

직역하면 "너 진지하니?" 라는 말입니다.

Serious는 진지한, 심각한의 의미입니다.

세상은 너무 심각해도 너무 심각하지 않아도
살기가 힘든 것 같습니다.
매일 매일 카멜레온처럼 변하면서 살아야 합니다.

오늘은 무슨 색깔로 살아야 할까나?

18 일차: He is not a good liar.

오늘의 간단한 영어 표현

사람들을 만나다 보면 알게 모르게 거짓말을 하곤 합니다. 하얀 거짓말이라고 하나요? 선한 거짓말...남에게 피해가 가지 않는 말. 그러나 거짓말을 하는 건 별로 좋아 보이지가 않습니다. 그래도 어쩔 땐 거짓말이 필요할 때도 있지만요. 그런데 어떤 사람들은 정말 거짓말을 못하는 사람들이 있습니다. 얼굴이 빨개지거나...말을 더듬는다거나...

그럴 때 사용하는 표현입니다.

He is not a good liar.
그는 거짓말이 서툴러요.

그런 사람들은 보통 보면 연애를 잘 못하는 경향이 있습니다. 여자들에게 가끔 거짓말을 해 줘야 할 때가 있는 것을 모릅니다. 아닌가요?
그래도 거짓말은 거짓말입니다.
오늘 거짓 없는 세상을 꿈꾸어 봅니다.

19 일차: I am not myself today.

오늘의 간단한 영어 표현

우리가 살다보면 때론 비가 오기도 하고 때론 바람도
불고 때론 날씨가 맑기도 합니다.
우리의 인생살이는 누구도 모르는 것입니다.
그래서 어제는 지나갔고 내일은 올 것이라서 오늘이 가장
소중하다고 생각하고 살아야 할 것 같습니다.
그런데 이러한 날들 가운데서 평상시에 잘 하다가
어느 날 뭐에 홀린 듯 잘 못하는 때가 있습니다.

그럴 때 사용하는 표현입니다.

I am not myself today.
나는 오늘 내 정신이 아니야.

사람이 살다보면 가끔 그럴 때가 있습니다.
사람이 실수도 해야지 인간미가 있는 것은 아닐까요?
하지만 조그만 실수가 큰 화를 불러옵니다.
여러분들은 완벽한 사람들이지요?

20 일차: Shame on you!

오늘의 간단한 영어 표현

즐거운 불금을 보내면서 길거리에서 꼴불견의
광경을 볼때가 많습니다.
적당하게 술을 먹어야 하는데 너무 과음을 해서
길바닥에 온갖 저녁에 먹은 것을 확인하는 사람
전봇대와 대화하는 사람, 도로가 자기 집인 줄
아는 사람

이런 사람들에게 사용하고 싶은 표현입니다.

Shame on you!
부끄러운 줄 아세요!

적당한 음주가 필요합니다. 혹시 지금도 과음하고
계시나요?
과음은 본인은 물론 가족까지도 괴롭힙니다.
오늘은 술과 멀리하고 가족과 함께 좋은 시간
보내시길 바랍니다.

21 일차: Your have the wrong number.

오늘의 간단한 영어 표현

외국에 살다 보면서 가장 많이 사용하는 표현은
Thank you! 라는 표현과 Excuse me!라고 생각을 합니
다. 건물 안에 들어가려고 할 때 먼저 들어간 사람이 문을
열고 기다리고 있습니다. 뒤에 들어오는 사람에 대한 배
려입니다. 먼저 들어가서 문을 꽝 하고 닫는 사람은 매우
드뭅니다. 이럴 때는 꼭 thank you! 라고 해야 겠지요.
그리고 길을 지나가다가 앞에 사람이 있으면 꼭 excuse
me!라고 하고 지나가셔야 합니다. 그 나라 언어를 배우려
면 그 나라 문화를 배워야 한다고 합니다.
오늘 알아볼 표현은 집에 있다 보면 가끔 잘 못 걸린 전화
가 옵니다. 그럴 때 사용하는 표현입니다.

Your have the wrong number.
전화 잘 못 거셨습니다.

네? 집에 잘 못 걸린 전화가 온 적이 없어서 사용할
일이 없다고요?

22 일차: Calm down!

오늘의 간단한 영어 표현

사람이 살다보면 즐거울 때도 있지만 그렇지 않을 때가
더 많은 것 같습니다. 물론 좋은 일 보다 안 좋은 일이 많
은 게 사람 사는 세상 같습니다. 우리가 화가 날 때 매사
에 화내고 성질부리면 좋을 게 하나도 없습니다. 옛 말에
참을 인자 셋이면 살인도 피한다고 하지 않나요?
이렇게 화가 난 친구한테 사용하는 말입니다.

Calm down! my buddy!
진정하렴. 친구야!

매일 매일 즐거우면 좋겠지만 세상은 그리 쉽지가 않습니
다. 아마도 걱정할 일이 매일 생기는 게 사람 사는 맛인가
요? 그래야 조그만 일도 감사할 줄 알겠지요. 우리는 큰일
에 대해서는 화가 잘 나지가 않습니다. 너무 큰일이기에
인간이 어쩔 수 없기 때문입니다. 하지만 조그만 일에는
마음이 상하고 화가 납니다. 사소한 일에도 항상 감사하
는 하루가 되었으면 합니다.

23 일차: Let me go!

오늘의 간단한 영어 표현

영화를 보다 보면 간혹 이런 장면이 나옵니다. 아리따운 여성이 어두운 골목길을 갑니다.(왜 여성들이 어두운 골목길을 가야 하는지 이해는 안 가지만…)
그러면 꼭 불량한 남자 3명 정도가 벽에 기대어 여자를 부르지요. 그럼 여자는 뒷걸음치면서 도망을 갈려고 합니다. 불량배들은 바로 여자를 포위하고 같이 즐기자고 하지요. 그럴 때 여자가 뭐라고 말을 하나요?

Let me go!
저 가게 해 주세요! 나를 놓아 주세요!

여기서 let은 허락을 나타내는 사역동사입니다. me는 목적어이고 go는 let이 사역동사이기 때문에 오는 동사의 원형입니다. 5형식 문장입니다.
이런 표현 사용하고 싶으시면 미국의 어두운 골목길을 다녀 보세요. 잘못하면 총 맞아 죽을 수도 있습니다. 혹시 이런 경험이 있으셨나요? 당신이 이런 불량배였나요? 그래서 이해가 잘 가시나요?

24 일차: You light up my life!

오늘의 간단한 영어 표현

사람이 살다보면 여러 종류의 사람을 만납니다.
그런 친구들 중에서 정말 인생을 같이 하는 친구가 있는
반면에 악연으로 얽히는 친구도 있습니다.
그러나 좋은 친구를 만나기 위해서 노력하는 것보다
본인 스스로가 그 친구에게 좋은 친구가 되어야 할 것
같습니다.

인생에 큰 도움이 된 친구에게 사용하는 표현입니다.

You light up my life!
당신이 나의 인생을 밝혀주었습니다.

주위에 이런 친구는 다 하나씩 있지요.
없다고요? 그렇다면 본인이 그런 친구가 될 수 있도록 해
보시길 바랍니다. 그러면 그런 친구가 생길 거라 믿습니
다. 친구는 사귀기는 어렵지만 헤어지기는 정말 쉬운
유리와 같은 존재입니다.

25 일차: Fill it up please!

오늘의 간단한 영어 표현

외국에서 살다보면 한국보다 차를 이용하는 경우가 많습니다. 서울 같은 경우 지하철이 잘 되어 있어서 차를 이용하는 것이 오히려 불편합니다. 주말에 차를 가지고 여행을 갈 때 주유소에 가야합니다. 그런데 주유소마다 휘발유 가격이 다르기 때문에 잘 보고 들어 가야 합니다. 보통 주유를 하면 가득 채워 달라고 많이합니다.

그럴 때 사용하는 표현입니다

Fill it up please!
가득 채워주세요.

주유소 직원이 기름을 넣어주는 경우도 있지만 보통의 경우는 직접 넣는 경우가 많습니다. 그러려면 몇 달러 치를 넣을 것인지를 결정해서 누른 후 주유하셔도 됩니다. 기름을 넣은 후 카운터에 가셔서 돈을 지불하시면 됩니다. 오늘 주유하러 가신다면 한 번 사용해 보세요.
그러면 주유소 직원이 어떤 모습으로 여러분을 볼까요?

26 일차: I am getting somewhere!

오늘의 간단한 영어 표현

우리가 사업을 하든지 공부를 하든지 계속 꾸준히 하다보면 '뭔가 된다.'라는 느낌을 가지곤 한답니다.
연애를 할 때도 그렇죠.
뭔지 모르지만 잘 되어간다는 느낌...
그 느낌 아시지요! 모른다고요?

그래도 그럴 때 사용하는 표현입니다.

I am getting somewhere!
뭔가 진척이 되어가고 있어!

일을 하다보면 실수할 때도 있고 잘 할 때도 있습니다.
그런데 모든지 꾸준히 하다보면 뭔가 결과는 항상 나오게 되어 있습니다.
아시죠? 그 느낌...
잘 될것 같고...
오늘도 그 느낌을 가슴에 간직하고 화이팅 하지요.

27 일차: I couldn't help it!

오늘의 간단한 영어 표현

오늘도 운전하시고 계시죠?
운전하다보면 괜히 와서 박는 사람이 있습니다.
뒤에서 박기도 하고 옆에서 박기도 하고 피하려고
하는 데...
정말 어이없는 경우가 생깁니다.

그럴 때 사용하는 표현입니다.

I couldn't help it!
나는 어쩔 수 없었어요.

그렇죠? 잘 운전하고 있는데...
정말 와서 그냥 박는데 어떡해요? 그냥 박혀야지요.
여기서 help는 avoid의 뜻입니다.
그런데 새 차를 뽑는지 얼마 안 되었다면 머리에서
열이 나겠지요.

그런데 이런 사람들 보면 꼭 변명을 합니다.
자기도 어쩔 수 없었다고...
브레이크를 밟았는데 라고...

그럴 때 또한 사용하는 표현

Don't make an excuse! man!
변명하지 마세요! 이 양반아!

오늘도 안전 운전!
꼭 잊지마세요.

그리고 Calm down!하세요.
화를 막 내면 남는 게 없습니다.
좋을 게 없지요.
그저 오늘 운이 없다고 생각하시면 됩니다.
그리고 감사하세요.
이만하길 다행이라고...

28 일차: No big deal!

오늘의 간단한 영어 표현

직장을 다니시는 분들은 아시겠지만 해마다 승진이 되는 날이 오면 조마조마 합니다. 진급을 해야 하는데 만년 과장이거나 만년 차장이면 스트레스가 이만 저만이 아닙니다. 동기들은 진급하는데 본인은 진급 못하고 있으면 술이 막 어서오라고 부릅니다.
그럴 때 친구들이 위로한다고 위로주 살려고 하면 어떻게 하시나요? 못이기는 척 따라가서 한 잔 하시나요?
그리고 친구한테 뭐라고 하시나요?

그럴때사용하는표현입니다

No big deal!
그거 별 거 아니야!

그런데 왜 오늘따라 술이 이렇게 쓸까요? 힘내세요!
여러분을 위한 길은 항상 열려있답니다.
그리고 문은 두들겨야 열린답니다.

29 일차: What's wrong with you?

오늘의 간단한 영어 표현

일전에 해외여행 중 호텔 카운터에서 check-in을 하려고
하는데 신입직원인 것 같은 호텔 직원이 업무를 잘 못하
고 있었습니다. 한 마디로 헤매고 있었습니다. 그러니까
옆에 있던 매니저가 답답해서 옆으로 와서 뭐가 잘 못
되었냐고 물어봅니다. 아주 자주 듣는 표현입니다.

What's wrong with you?
뭐 문제가 있나요?

그럼 대답을 뭐라고 하나요?
아니에요, 아무 문제없어요. 라고 보통 말하지요
문제가 있다 하더라도 없다고 시치미를 떼지요.

No problem!
문제가 없습니다!.

정말 문제가 없는 걸까요? 사는게 문제인가요?
오늘 하루 아무 문제 없는 하루가 되었으면 합니다.

30 일차: I am full!

오늘의 간단한 영어 표현

주말만 되면 결혼식이 많이 있습니다. 거기를 가면 뷔페를 많이 먹게 됩니다. 그런 뷔페에 가면 먹을 것이 참 많습니다. 그렇다고 아무 생각 없이 먹다보면 배가 너무 불러서 소화가 안 되기도 한답니다. 뷔페는 낸 돈이 아까워서 많이 먹게 되는 단점이 있답니다.
외국에서 '후이아'라는 플랫에서 산 적이 있답니다.
거기서는 공동식당을 이용하는데 음식을 하다가 외국 애들하고 이야기를 하곤 합니다. 그럴 때 꼭 그들이 자기 나라 음식 좀 먹어 보라고 권유합니다.
그럴 때 사용 하는 표현입니다.

I am full!
나는 배불러!

소식이 장수의 지름길 이라고 합니다. 늘 소식하는 습관으로 살았으면 합니다. 그런데 그게 잘 안 되네요.
이 배는 언제 꺼질려나 모르겠습니다.

31 일차: You bet!

오늘의 간단한 영어 표현

우리가 일상 생활에서 보통 상대방의 말을 확인, 강조하고 싶을 때가 있습니다. 대학을 졸업하고 회사에 취직하려고 면접을 다녔을 때가 생각이 납니다. 면접을 기다리면서 의자에 앉아 있으면 많이 긴장이 되고 힘듭니다. 그럴 때 지나가는 직원이 물어봅니다

Are you nervous?
떨리시지요?

그럴 때 사용하는 표현입니다.

You bet!!
당연하지요.

사실 그런 상황에서 안 떨리면 정상이 아닙니다.
떨리나 안 떨리나 결과는 달라지는 게 없습니다.
그냥 물 처럼 흘러가는 데로 사는 게 가장 좋은 것
같습니다. 그게 쉽지 않다고요? 그러니까 사람이지요!

32 일차: He is very easygoing.

오늘의 간단한 영어 표현

친구들 사이에서도 무슨 이야기든지 할 수 있는 친구가 있는 반면에 매사에 조금 까다로운 친구도 있기 마련입니다. 누가 더 좋은 친구라고 말하기는 쉽지가 않습니다. 뭐든지 장점과 단점이 있기 마련이니까요. 그래도 좀 낙천적이고 긍정적인 사람이 더 좋겠지요.

그럴 때 사용하는 표현입니다.

He is very easygoing.
그는 매우 낙천적입니다.

이런 친구하고 같이 있으면 매사에 기분이 좋습니다. 뭘 이야기 해도 좋게 들어주니까 좋습니다. 혹시 당신이 이런 부류의 성격을 가진 사람인가요? 아주 좋아요? How about me? 그런 질문 하지 말라고요? 네...

33 일차: I am sorry, it's my fault!

오늘의 간단한 영어 표현

우리가 매사에 열심히 하다보면 실수할 때가 있습니다.
그럴 때는 우리는 남자답게 자기 잘못을 시인하는 사람이
멋있어 보입니다. 자기가 실수했는데도 변명하는 사람 보
면 보기가 안타깝지요. 지난번에 이렇게 변명하는 사람에
게 뭐라고 한다고 했나요?

Don't make an excuse!!
라고 하는 거 기억 나시나요.
전혀 기억이 안 나신다고요? 배운 적도 없다고요?
그래요 다 제 잘못입니다.
실수를 할 땐 남자답게 실수 했다고 인정하세요.
그럴 때 사용하는 표현입니다

I am sorry, it's my fault!
죄송합니다. 제 잘못입니다.

이런 말 사용하지 않도록 항상 조심 조심하시길
바랍니다.

34 일차: Let me see!

오늘의 간단한 영어 표현

우리는 평상시에 무언가를 기억하려 하거나 생각을
하려고 시도 합니다

그럴때사용하는표현입니다.

Let me see!
"글쎄, 어디 보자, 뭐더라"

let's see라고도 합니다

누군가가 말을 거는데 뭘 말할지 생각이 안 날 때
시간을 버는 한 가지 유용한 방법입니다.

대화 속에서 양념과 같은 표현들입니다.

35 일차: She is kindness itself.

오늘의 간단한 영어 표현

서비스에 종사하는 사람들에게 있어서 '친절'은 최상의 무기이자 손님을 끌기 위한 최고의 전략이기도 합니다. 친절하지 않으면 가격이 아무리 싸더라고 가기가 좀 꺼림 칙합니다. 하지만 주인 아저씨가 너무 친절하거나 종업원 이 상냥하다면 한 번 더 가고 싶은 것이 인지상정인가 봅 니다.

여자 종업원이 너무 친절할 때 뭐라고 표현할까요?
그럴 때 사용하는 표현입니다.

She is kindness itself.
그녀는 친절 그 자체야!!

혹신 당신도 친절 그 자체인가요?
상냥하고 포근한 미소는 역시 친절의 마스코트입니다.
오늘 한 번 활짝 웃어보세요
아무리 인상이 더러워도 웃는 얼굴에 침 뱉기는 힘든 게 아닌가요?

36 일차: No way!

오늘의 간단한 영어 표현

10년 전에 태국으로 여행을 간 적이 있었습니다.
배낭을 메고 '여행자의 거리'라는 곳을 거닐었습니다.
방콕 날씨가 매우 습해서 땀이 팔뚝에서 뚝뚝 떨어지는
날, 서울에 가기 전에 선물을 사기 위하여 은을 파는 곳에
들렸습니다. 태국은 보석이 한국보다 매우 쌉니다.
그런데 조심해야 할 것은 가짜가 많다는 것입니다.
처음엔 여기 가게 종업원들이 영어를 사용할 줄 아나?
궁금했습니다. 이것저것 고르다가 하나를 골랐습니다.
얼마냐고 물어보니까 매우 세게 부르는 것이었습니다.
10분 동안 실랑이를 하다가 마지막 배팅을 했어요.
그랬더니 그 직원이사용했던표현입니다.

No way! 절대 안돼요!

그래서 포기하고 나가려고 하는데
마지막엔 잡더라고요.
그런데 그 가격이 싼 건지 아직도 모르겠습니다.

37 일차: I don't mean maybe.

오늘의 간단한 영어 표현

보통 사람들이 일생에서 6분의 1이상을 잠을 잔다고 합니다. 하루에 평균 6시간 이상은 자 두어야 생활이 가능한 것 같습니다. 그래서 잠에서 깨어나도 꿈속과 헷갈리는 경우가 있습니다. 물론 꿈에서 깨어나면 꿈속의 일은 잘 기억하지 못하는 경우가 많습니다. 세상이 꿈인지 현실인지 구분이 안 될 때가 많습니다. 꿈이었으면 할 때도 있고 꿈이 아니길 빌 때도 있습니다. 현실에서도 진실이 있고 허실이 있답니다. 무엇이 진실이고 무엇이 거짓인지를 구분해야 합니다. 그런데 진지하게 이야기를 하는데 그걸 농담으로 받아들이는 사람들에게 사용하는 표현입니다.

I don't mean maybe. 농담이 아니야.

사람이 너무 규칙과 법에 얽매여 사는 것도 안 좋지만 사리분별을 하지 못 하는 것은 더욱 더 안 좋은 것 같습니다. 우리가 지금 살고 있는 것도 그것이 현실인지 가상인지 바늘로 찔러보고 싶은 하루입니다. 날씨는 덥지만 그래도 열심히 사는 하루가 되었으면 합니다.

38 일차: It's my bread and butter!

오늘의 간단한 영어 표현

누구에게나 직장일은 하고 싶어서 하는 것이
아닐 것입니다. 먹고 살려니까 적성에 맞든 아니든지
그냥 밥 먹고 살려고 하는 것입니다.
뭐 할 것은 따로 없고 새로운 것은 두렵고 그냥 하는 거
쭉 계속하는 것이 가장 좋은 것 같습니다. 괜히 다른 사람
말 듣고 하다가 망한 사람 여럿 보았습니다.
이렇게 "이것이 나의 생계수단이야"라고 표현하고 싶을
때가 있습니다. 그것을 영어로 표현하면
This is my job. 입니다.
그런데 좀 더 영어 조금 공부했다는 시늉을 내고 싶다면
다음과 같은 표현을 사용하시면 됩니다.

It's my bread and butter!
내 생계수단이야!

여우같은 마누라 토끼 같은 자식들을 생각해서
오늘도 아버지들 열심히 달려봅시다.

39 일차: You hit the books.

오늘의 간단한 영어 표현

공부라는 것은 끝이 없는 것 같습니다.
세상에는 뭐 이리 배울게 많은지...
고등학교 때 우리 반에 어떤 친구는 정말 벼락치기의 달
인이었습니다. 매일 놀다가 시험 전날만 벼락치기 하고나
서 다음 날 시험 보면 거의 다 맞곤 했습니다.
완전히 퍼펙트한 점수를 받곤 했답니다.
그런데 큰 시험인 대학입시에서는 좋은 점수를 얻지
못했습니다.
이렇게 "벼락치기 공부를 하다." 라는 표현은
영어로뭘까요?

You hit the books.
당신은 벼락치기를 합니다.

쉬운 표현은 You study hard. 하면 되겠지만
그래도 조금 영어 공부 한 티는 내 봐야겠지요.
자 그럼 오늘 책 때리러 가 볼까나...

40 일차: She is dressed to kill.

오늘의 간단한 영어 표현

길을 지나가다 발랄한 여성들을 보면 저절로 시선이 가는
게 남자의 마음인 것 같습니다.
지나가는 여인네의 아찔한 뒤태와 얼굴은 남자의 마음을
흔들어 놓기에 충분합니다.
옷을 아주 죽이게 입은 여자를 봤습니다.

그럴 때 사용하는 표현입니다.

She is dressed to kill.
그녀는 죽이도록 잘 차려입었네.

그런데요, 부인이나 애인하고 걸을 때는 아무리 죽이게
입은 여인네를 보도라도 결코 곁눈질하지 말고
앞만 보고 걸어가야 합니다.
그것이 인생을 사는 비결입니다.
그래야 오래 산답니다.

41 일차: Don't drive me into a corner!

오늘의 간단한 영어 표현

옛 말에 결혼은 해도 후회, 안 해도 후회라고 합니다. 그래도 안 하는 것 보다 하는 것이 낫다고 결혼을 합니다. 그리고 결혼은 또한 무덤이라고도 표현을 합니다. 특히 남자는 결혼과 동시에 '현금인출기'가 되는 아련한 운명에 처하기도 합니다. 그래서인지 남자들은 결혼식 때 검은 양복을 많이 입는다지요. 비련한 자기의 운명에 대한 직감이랄까요? 자유로웠던 총각시절엔 밤늦게 들어가도 누가 뭐라 할 사람이 없었는데 결혼하고 나서는 그것이 안 되죠. 좀만 늦게 들어가도 마음에 준비를 하고 심호흡을 하고 집에 들어 가야 합니다. 집에 들어가면 결혼 전에 얌전했던 양 같은 사람이 사나운 여우가 되어 잔소리를 한답니다. 그럴 때 사용하는 표현입니다.

Don't drive me into a corner! Honey!
나를 궁지에 몰지 마세요. 여보!

그래도 남자들은 결혼해야 인간이 되는 것 같습니다.
건강해지고 착해지고 안 그런가요?

42 일차: She dropped a bombshell.

오늘의 간단한 영어 표현

남녀 사이의 문제는 참 어렵습니다. 과연 여자가 무슨 생각을 하는지 보통 남자들은 헤아리기가 어렵습니다.
그래서 여성학은 있어도 남성학은 없다고 합니다.
남자들은 퍽이나 단순해서 연구할 것이 없다고 합니다.
여자들도 본인들이 생각하기에도 자기 마음을 모르겠다고 하는데 어찌 남자들이 그 심오한 마음을 알 수가 있겠습니까? 그래서 항상 여자들은 유리잔 다루듯이 하여야 합니다. 언제 깨질지 모르니까요. 결혼했다고 안심할 수도 없고 아이를 셋 낳았다고 안심할 수도 없습니다.
어느 날 갑자기 애인이나 부인이 폭탄선언을 하면 어떻게 해야 하나요. 여기 그래서 만약 그런 날이 오면 친구한테 이렇게 이야기해야 합니다.

She dropped a bombshell.
그녀가 폭탄선언을 했다.

이런 말을 사용 안 했으면 합니다. 혹시 이런 말을 벌써 사용하신 건 아니지요? 오늘도 조심하며 삽시다.

43 일차: Kiss it good bye.

오늘의 간단한 영어 표현

세상 살다보면 좋은 일도 있고 나쁜 일도 있고 그런 것이
세상을 사는 거라고 합니다. 인생은 '새옹지마'라고 합니
다. 항상 좋을 수도 없고 항상 나쁠 수도 없고 그런데 다
자기 자신 마음 먹기에 달려 있는 것 같습니다.
내 마음 안에 내 가슴 안에 모든 해답이 있는데 사람들은
그저 남의 눈치만 보고 삽니다. 나쁜 일이 있으면 빨리
잊어버리는 것이 상책인 것 같습니다
그럴 때 사용하는 표현입니다

Kiss it good bye.
잊어버려!

물론 Forget it! 해도 되는데 너무 쉬운 표현 같잖아요.
좀 영어 했다는 표시를 해 봅시다
따라 해 보세요

Kiss it good bye!!!

44 일차: Get out of here!

오늘의 간단한 영어 표현

세상에서 가장 어려운 문제가 남녀 사이라고 합니다.
특히 여자 마음을 안다는 것은 매우 어려운 일입니다.
그냥 알려고 생각 안 하는 것이 좋을 듯합니다.
그러려니 하고 살면 될 것 같습니다. 부부 사이에 사소한
일로 싸우는 경우가 많습니다. 큰 일로 싸우는 것은 별로
없습니다. 정말 조그만 일로 싸우다 보면 그게 곧 큰 일이
되는 겁니다.
그럴 때 자주 듣는 말이 있습니다.

Get out of here!
나가! 썩 꺼져!

이런 말 자주 듣고 사시는 건 아니지요?
특히 남자들 술 마시고 늦게 들어가면 이런 경우에 접하
곤 하지요. 아니라고요? 문을 안 열어 준다고요?
남편이 늦게 들어와도 문열어 주는 사회가 되었으면
합니다.

45 일차: Let's talk over coffee!

오늘의 간단한 영어 표현

요즘도 하루에 커피를 파는 상점이 우후죽순처럼 늘어나고 있습니다. 여러 가지 브랜드 이름을 가지고 생겨나고 없어지고...
하루에도 커피를 4잔 이상 마시는 사람도 꽤 많다고 합니다. 사실 커피 원가는 얼마 안 하는데 왜 이리 비싼지 모르겠습니다.
저는 커피를 안 마십니다. 아니 정확히 말하면
커피를 마시면 속이 좀 안 좋아져요.
그런데요. 제가 커피 바리스터라고 하면 사람들이
어떻게 배웠냐고 합니다.
커피를 배울 때 마셔야 하기 때문이지요.
그 때는 아주 조금씩 맛만 보았습니다.
남자들 만나면 술 마시러 가지만 공적인 모임이나
연애할 때는 커피를 마시러 가지요.

그럴 때 사용하는 표현입니다.

Let's talk over coffee!
커피 마시면서 이야기 하자!

커피를 싫어하셔도 그렇다고 꼭 커피를 마시지
않아도 이런 표현을 사용해야 합니다.
커피 파는 집에 커피만 파는 게 아니던데요.
이런 표현보다 술 마시자 라는 표현이 좋다고요

그럴 때는

Let's get a drink!
술 한 잔 하지요!

아무리 좋은 것이라고 많이 마시면 좋지가 않습니다.
적절한 자제가 필요하겠지요.

오늘은 누구랑 술 한 잔 때릴까?

46 일차: He was kicked out of it.

오늘의 간단한 영어 표현

세상은 살면서 좋아지기보다는 더 안 좋아지는 것
같습니다.
어렸을 때 시골집을 가면 할아버지는 항상 제일 윗자리에
계시고 식사를 하실 때도 마치 정글의 수사자처럼 그렇게
대단하셨습니다.
그런데 언제부터인가 여성상위시대가 되면서 우리네
남자들은 갈 곳을 몰라 방황하고 있답니다.
단지 돈 벌어주는 기계로 전락한 게 아닌가 하는
불안감이 듭니다.
그래도 용기를 잃지 말고 열심히 살아야겠지요.
누가 뭐래도 남자들이 가장 아니겠습니까?
남자들은 돈이 많으면 곁눈질을 하는 게 습관인가
봅니다. 돈을 많이 벌어주면 바람 피울까봐 걱정이 되고
돈을 못 벌면 따발총 같은 잔소리에 시달려 말려
죽고 참 세상 사는 게 힘듭니다.

그런데 돈도 못 벌고 바람 피우는 남자도 있습니다.
대단한 능력자라는 생각이 됩니다.
그런 남자들이 있다는 풍문이 돌면 꼭 이런 표현들이
나온답니다.

He was kicked out of it.
그가 쫓겨났데요.

남자들은 쫓겨나면 정말 갈 데 없습니다.
산에 가서 자연인 되는 것도 만만치가 않고
바다에 가면 우울합니다
역시 제일 좋은 데는 집이 아닌가 하는 생각을
해 봅니다.
그래도 여우같은 마누라가 제일 이쁘지 않나요?
오늘 따라 집사람의 잔소리가 노랫소리로 들립니다.

47 일차: It's not your business!

오늘의 간단한 영어 표현

사회 생활하다보면 여러 종류의 사람을 만나게 됩니다.
나랑 코드가 맞는 사람도 있는 반면에 나랑 전혀 맞지 않
는 사람도 있습니다. 그렇지만 사회 생활 잘 하려면 술에
술 탄 듯 물에 물 탄 듯 그렇게 살아야 되는 것 같습니다.
그래도 꼭 남의 일에 상관하고 잔소리 하는 사람이 있습
니다. 마치 자기 일인 것처럼 걱정해 주는 건 고마운데 좀
심한 사람이 있습니다.
그런 사람에게 사용하는 표현입니다.

It's not your business!
상관하지 마세요! 이건 당신의 일이 아닙니다.
신경 꺼 주세요!

언제나 적절하게 신경을 써 주어야 할 것 같습니다.
너무 신경 안 쓰면 관심이 없다고 하고 너무 신경 쓰면
잔소리 한다고 합니다. 항상 중용을 지켜야 할 것
같습니다. 참 말은 쉽지요!

48 일차: It's out of range!

오늘의 간단한 영어 표현

이것저것 다 잘 하는 사람을 팔방미인이라고 합니다.
한 가지도 잘 하기 힘든데 여러 가지 일을 잘 하는 걸 보
면 부러울 때가 많습니다. 그런데 그런 팔방미인들의 단
점은 잘 하기는 잘 하는데 결코 1등이 될 만큼 그러니까
달인이 될 만큼 잘 하지는 못하다는 것입니다. 한 우물만
파라는 이야기가 있습니다. 한 가지만 열심히 하다보면
뭔가 좋은 결과가 나오게 되어 있습니다. 여기서 친구나
가족들이 내게 부탁하는 일들이 간혹 생깁니다. 그런 일
들은 시간도 없고 능력도 안 되는데...내가 잘 할 거라고
믿어서 그런 가 봅니다. 그럴 때 사용하는 표현입니다

It's out of range!
그건 제 능력 밖입니다!

여러분들은 모든지 잘 하는 분들이니까 이런 표현
아실 필요는 없겠지요. 괜히 전문가가 있는 게 아닙니다.
모든지 전문가에게 물어보고 하세요.
그러면 시간이 많이 절약이 됩니다.

49 일차: Stop nagging me!

오늘의 간단한 영어 표현

가을이 오면 왠지 남자들은 외로움을 탑니다. 누군가가 그리워지고 보고 싶어집니다. 그럴 때 천사 같은 여자 친구를 만나면 기분이 좋아집니다. 세상을 모두 얻은 것 같습니다. 그런데 결혼 생활하다보면 그렇게 상냥하고 예쁘던 여자도 아줌마가 됩니다. 물론 남자들은 아저씨가 되지만요. 말도 곱게 상냥하게 하던 집사람이 언제부터인가 막강한 아줌마가 되어 하루 종일 잔소리를 하고
바가지를 긁게 되었습니다.
그런 집사람에게 하고 싶은 표현입니다.

Stop nagging me! Honey!
여보! 바가지 긁지 마세요!

물론 속으로만 말하세요.
괜히 말했다간 본전도 못 찾습니다.
오늘 밤 뒷산에 올라가서 구덩이 파고 그 안에다
소리치세요

50 일차: You have been a big help!

오늘의 간단한 영어 표현

인간은 사회적 동물이라고 합니다. 사회 속에서 다른 사람들과 어울리고 살아야 합니다. 정글 속에서 사람이 혼자 살아 간다면 맹수의 밥이 될 가능성이 매우 높습니다. 하물며 사자도 무리를 지어 다녀야 하듯이 말입니다. 이런 사회에서 많은 사람들이 서로 도움을 주고받습니다. 특히 직장에서는 일은 사람이 하는 것이지 업무가 하는 것이 아닙니다.그래서 인간 관계가 매우 중요하다고 합니다.언제나 나에게 키다리 아저씨와 같은 친구가 있었습니다. 심적으로 물질적으로 도움을 아낌없이 주는 친구 그런 친구에게 하고 싶은 표현입니다.

You have been a big help!
당신은 나에게 큰 도움이 되고 있네!

남자에게 있어서 친구란 존재는 영혼과 같은 존재입니다. 친구에게는 무엇을 해 줘도 아깝지가 않습니다. 그런 친구 모두 다 한명씩은 있지요? 없다면 당신이 그런 친구가 되어 보세요. 사랑은 받는 것보다 줄 때가 더 좋답니다.

51 일차: She has a heart of gold!

오늘의 간단한 영어 표현

우리는 이쁜 여자를 보면 이런 표현을 한 답니다.
" 참 천사같이 생겼네." 또는 " 참 참하게 생겼다"는
등...모든 남성의 로망은 예쁜 여자하고 사귀는 것이 아닐
까요? 그런데 거기다가 천사 같은 마음씨를 지니고 있다
면 그것은 금상첨화이겠지요. 그런데 남자나 여자나 얼굴
값을 한다고 합니다. 그리고 장미에는 가시가 있다고 합
니다. 옆에 있는 배우자나 애인은 마음씨가 비단결 같지
요? 안 그런가요? 그리고 눈에 뭐가 쓰이면 다 이뻐 보이
고 착해 보인답니다. 누군가가 이뻐 보인다면 바로 그 때
가 결혼할 때인 것입니다.
그런 마음씨가 고운 여자에게 하는 표현입니다.

She has a heart of gold!
그녀는 마음씨가 비단결 같아!

그런데 마음씨는 좋은데 얼굴이 별로 이쁘지 않다고요.
그렇다면 현대 의학의 힘을 빌리세요. 얼굴은 고쳐도
마음씨는 고칠 수가 없답니다. 그건 타고 나는 거니까요.

52 일차: Trust me! I promise.

오늘의 간단한 영어 표현

일반적으로 남녀관계에서는 선의의 거짓말을 많이
하곤 한답니다.
그것을 하얀 거짓말이라고 합니다.
'white lie' 라고 한다고 했지요.
특히 젊은이들이 하는 거짓말 그런데 그걸 거짓말인줄
알면서 속아 넘어가는 척 해주는 커플들을 보면
세상은 거짓말도 때로는 필요하다는 생각을 합니다.
그래도 너무 심한 거짓말은 '사기'라는 걸 기억해 두세요.
흔히 하는 거짓말 중
오빠 믿지, 약속할 게...(누가 믿나요?)
이런 표현을 영어로 뭐라고 할까요?

Trust me! I promise. 라고 하면 됩니다.

적당히 속아 주고 적당히 웃어주는 그런 사회가
건강한 사회인 것 같습니다.
세상은 원칙만 가지고는 못 사는 것 같습니다.

53 일차: What do you care!

오늘의 간단한 영어 표현

평소에 썸을 타기 전에 관심을 보이는 단계에서 상대방에게 여러 가지 간섭을 합니다. 옷은 이게 이쁘다는 등...
머리핀이 이쁘다는 등...그런데 그러다가 좋아지면 괜찮은데...상대방이 본인을 별로 마음에 두지 않으면 이건 상처 받는 건 100퍼센트입니다. 그냥 늘 차이는 사람이야 별로 신경 안 쓰이겠지만 어쩌다 마음에 드는 이성에게 접근했는데 차이면 하루 종일 마음이 심란하겠지요.
그리고 또한 관심 없는 이성이 본인에게 집적되면 그것도 보통 골치가 아픈 게 아니에요. 저는 그런 경험이 없지만...그럴 때 사용하는 표현입니다.

What do you care!
무슨 상관이에요!

당신과 나랑 아무사이 아닌데 이 정도만 하세요.
더 넘어오면 오빠 불러요!
그래서 저는 오빠 있는 여자 안 좋아 한답니다.

54 일차: Bring it on!

오늘의 간단한 영어 표현

세상엔 노력 없이 이루어지는 일은 없는 것 같습니다. 매 시간 매 초가 도전의 시간이고 투쟁의 시간인 것 같습니다. 어려운 일이 닥치면 누구나 긴장을 하게 되고 힘들어 하는 것은 똑 같은 것 같습니다. 그렇다고 포기를 하면 안 됩니다. 포기를 하다보면 그것도 습관이 되어 계속 포기 하게 되어 있습니다. 결국엔 인생도 포기를 해야 하는 순 간이 올지 모릅니다. 그러나 모든 일은 모든 문제는 반드 시 해결점이 있고 풀 수가 있습니다. 차근차근 생각을 해 보고 노력한다면 무슨 일이든지 할 수가 있습니다.
세상엔 안 되는 일보다 안 된다고 생각해서 못하는 일들 이 많습니다. 하다 보면 그리고 그 것을 끝내고 보면 항상 그러하듯이 별 거 없습니다. 그냥 자신 있게 부딪쳐 보세 요. 그럴 때 사용하는 표현입니다.

Bring it on!
올 테면 와봐! 내가 끝내 줄 거야!

자신감을 가지고 한다면 못 할 일이 뭐가 있겠습니까?

55 일차: You are in a jam!

오늘의 간단한 영어 표현

요즘 미세먼지 때문에 외출을 자제해야 한다고 합니다.
이런 날씨에는 산에 가봤자 안개와 먼지 때문에 뭐 찍을
게 없습니다. 이렇게 살다보면 예기치 않게 곤란함을
당할 때가 있습니다.
그럴 때 사용하는 표현입니다.

You are in a jam!
당신은 곤란함에 빠졌네요. 혹은 큰 일이 나셨네요.

물론, You are in a trouble!! 하셔도 되고요
You are in a problem!! 하셔도 되는 데요.

이왕이면 색 다르게 You are in a jam!! 하는 표현이 조
금 문학적이지 않나요. 우리는 문학을 아는 사람입니다.
그렇지요? 그래도 손가락에 먹물 조금 무쳐본 사람 티는
내 봐야지요. 먹물이 뭐냐고요? 오징어 아니라고요?
알았다고요.

56 일차: Why are you meddling?

오늘의 간단한 영어 표현

사회 생활하다 보면 별의별 사람을 다 만나게 됩니다.
말도 안 하고 뒤에서 은근히 도와주는 사람이 있는 반면
에 시시콜콜 참견하는 사람이 있답니다.
도와 주지는 않고 참견하는 사람 보면 짜증이 밀물처럼
밀려옵니다.

그런 사람한테 해 주고 싶은 표현입니다.

Why are you meddling?
왜 참견이야?

속담에 간밤에 산을 옮겼다는 말을 믿어도 사람의 성격이
변했다는 것은 믿을 수가 없다고 합니다. 그만큼 사람의
성격은 죽을 때까지 변하지 않는다고 합니다.

그래서, 이런 말 하면 잠깐 참견 안 하다가 잊을 만 하면
다시 참견합니다.

그럴 때 다시 사용하는 표현입니다.

Don't poke your nose into my affairs!
참견하지 마세요!

직역하면 "나의 일에 당신의 코를 찌르지 마세요!!"
입니다.
어디다가 당신의 코를 내미는 거야!
썩 집어넣지 못할까!

물론 Don't meddle! 하셔도 되는데

이런 짧은 표현은 재미가 없는 듯합니다.

57 일차: Don't be too long!

오늘의 간단한 영어 표현

남자들이 가장 싫어하는 것과 여자들이 가장 좋아하는 것이 일치할 때가 많습니다. 특히 백화점을 여자 친구나 집사람과 갔을 경우 남자들은 쇼핑하는 데 10분도 걸리지 않습니다. 반면에 여성들은 1층부터 아니 지하부터 꼭대기까지 다 들러보아야 직성이 풀리나 봅니다. 그럴 경우 남자들은 타협을 보게 되지요. 어디 가서 기다린다거나 아니면 집에 간다거나...물론 말없이 끌려다니는 남자들이 더 많겠지만요. 왜냐면 짐꾼이 필요하니까요. 여자들이 쇼핑을 보는 동안 남자들은 커피 샵이나 지하 식당에서 뭘 마시면서 기다리는 게 가장 좋을 것 같습니다.
그럴 때 사용하는 표현입니다.

Don't be too long!
빨리 돌아오세요! 오래 있지 말고요!

오래' 라는 게 과연 몇 시간일까요? 여자를 만나서 살려면 '부처'가 되어야 합니다. 항상 웃고 자비로운...그래야 밥 잘 얻어먹고 산답니다.

58 일차: Better late than never!

오늘의 간단한 영어 표현

뉴질랜드에서 공부할 때입니다. 팀 별로 프로젝트를 하는 데 인도 아저씨랑 같이 하게 되었습니다. 현지에서 공무원을 했다는 그 아저씨는 슈퍼에서 일을 하고 있었습니다. 정보공학을 왜 하는지는 모르겠지만 아마 현지에서 고위직에 있지 않았나 할 정도로 똑똑했습니다. 늘 비상한 아이디어를 가지고 이야기를 했습니다. 그래서 같이 낼 보고서를 작성하는데 시간이 좀 걸렸지요. 그럴 때 저한테 이런 영어 표현을 사용했습니다.

Better late than never!
늦게 내더라도 안 내는 것 보다 낫지 않겠냐고...

우리 인생도 그러한 것 같습니다. 늦더라도 천천히 꾸준히 하여서 뭔가를 이루는 게 좋지 않을까 싶습니다.
포기하는 것은 정말 좋지 않습니다.
여러분도 시작을 했으니 결코 포기하지 말고
꾸준히 하시길 바랍니다.

59 일차: Don't worry! Be happy!

오늘의 간단한 영어 표현

점점 가을이 깊어가는 것 같습니다. 어제까지만 해도
미세먼지가 기승을 부렸는데 오늘은 하늘이 너무나도
파랗습니다. 우리의 삶도 항상 흐릴 수는 없겠지요.
언젠가 좋을 날이 반드시 올 것이라고 믿습니다.
근심 많고 걱정 많은 주위 친구에게 오늘은
이런 표현 사용해 보시는 건 어쩔까요.

Don't worry! Be happy!!
걱정하지 말고 행복하렴!

오늘도 즐거운 하루되시길 바랍니다.
모든 걱정 '후' 날려버리시고 가을 하늘처럼 맑고
깨끗한 마음으로 오늘 신나게 살아보세요.
인생은 걱정한다고 되는 일은 아무 것도 없는것 같습니
다. 우리가 걱정하는 일들 중 80%정도가 우리 힘으로
할 수 없는 일이라고 합니다.

60 일차: God bless you!

오늘의 간단한 영어 표현

지난 한 주 동안 우리는 미세먼지랑 친하게 지낸 것 같습니다. 하루 종일 뿌연 하늘만 바라보면서 맑은 하늘을 그리워 했습니다. 그래서 기관지가 약한 사람들은 외출을 자제하고 기침을 심하게 하는 사람도 보곤 하였습니다. 이렇게 기침을 심하게 하는 사람한테 사용하는 표현입니다.

God bless you!
몸조심하세요!

기침을 하는 것 자체를 귀신이 들었다고 생각하던 옛날에 이런 표현이 나왔다고 합니다.
당신에게 신의 가호가 깃들기를 그래서 귀신을 쫓아주세요. 그런 의미라고 하네요.

Believe it or not....
믿거나 말거나

61 일차: It's a piece of cake!

오늘의 간단한 영어 표현

세상 살다보면 쉬운 게 참 없습니다. 뭐든지 노력을 해야
합니다. 노력 없이 이루어지는 것은 신기루 같아서
하루 아침에 없어지곤 합니다. 그러나 한 우물을 파고
열심히 하다보면 자기 분야에서 전문가가 됩니다.
늘 하는 일들은 너무 쉬워 보입니다.
그럴 때 사용하는 표현입니다.

It's a piece of cake!
누워서 떡 먹기야!

그런데요 누워서 떡 먹으면 잘못하면
이 세상을 하직하는 경우가 있습니다.
늘 하는 일...지루하고 재미도 없지만
그래도 그것으로 밥 먹고 사는 우리들에겐
소중한 것입니다. 항상 남의 떡은 커 보입니다.
하지만 본인의 떡이 가장 맛이 좋답니다.

62 일차: It's up to you!

오늘의 간단한 영어 표현

우리가 살다보면 여러 가지 뭔가를 결정해야 하는 상황이 많이 생기게 됩니다. 그럴 때 결정을 어떻게 해야 할지 모를 때가 많습니다. 특히 혼자서 결정하는 것이 아니라 팀에서 한다거나 아니면 둘이서 결정해야 할 경우에 사용하는 표현입니다.

It's up to you!
당신이 결정하세요! 당신에게 달려 있습니다!

결정을 한다는 것 그건 우리가 사는데 있어서 중요한 요소입니다. 하지만 자신이 없다거나 모르는 일에 대해선 우린 결정하기가 쉽지가 않습니다. 그럴 때 우린 다른 사람의 도움을 받곤 합니다. 아니면 다른 사람에게 의사결정권을 주어 버리곤 합니다. 우리가 모든 것을 다 잘 할 수는 없습니다. 하지만 뭔가 결정할 때는 항상 신중하게 하여야 할 것 같습니다. 그 조그만 결정이 큰 문제가 될 수가 있기 때문입니다.
오늘도 현명한 결정을 하면서 살아봅시다.

63 일차: Here or to go?

오늘의 간단한 영어 표현

외국에 나가면 햄버거 체인점이 참 많습니다.
우리나라에 한식 식당이 많듯이 외국에서는 페스트 푸드
점이 많습니다. 특히 햄버거집은 인기가 좋은 곳입니다.
가족들이 와서 먹기도 하고 생일 파티도 한 답니다.
주문을 하기 위해서 줄을 서고 주문을 하게 되면
항상 종업원이 이런 말을 물어봅니다.

Here or to go?
여기서 드실 거예요? 아니면 가지고 나가실 거에요?

이럴 때 전 항상 to go! 라고 합니다.

Here라고 하면 tray에 그냥 햄버거와 음료수를 줍니다.
그런데 꼭 다 먹지 못합니다.
그러면 들고 나가야 할 때 힘들었습니다.
그래서 to go라고 하면 잘 싸서 줍니다. 그럼 풀어서
먹다가 남으면 그냥 가지고 가면 되서 아주 편했습니다.

64 일차: What time shall we make it?

오늘의 간단한 영어 표현

인간은 사회적 동물이라고 합니다. 그래서 사회 속에서
이 사람 저 사람 만납니다. 공적이든 사적이든 누군가를
만나는 건 항상 긴장이 되곤 합니다.
그래도 만나기로 결정을 하면 약속을 잡습니다.
그럴 때 사용하는 표현입니다

What time shall we make it?
몇 시에 만날까요?

그럼 상대방이 몇 시에 보자고 하기도 하지만
It's up to you. 라고 할 수가 있습니다.
'당신이 결정하세요.' 그런 의미입니다.
그럼 그 다음에 사용하는 표현은
Shall we make it at 9?
9시에 만나는 건 어떨 가요??
별로 어렵지 않습니다. 오늘 당장 누군가에게 말해 보세
요. 술 마시는 약속은 하지 마시고요.

65 일차: She is a kind woman by nature.

오늘의 간단한 영어 표현

남자들이 가장 알 수 없는 것이 뭐냐고 하면요. 아마 제일 먼저 여자의 성격을 들 수가 있습니다. 도대체 하라는 건지 말라는 건지...해도 뭐라고 하고 안 해도 뭐라 하고 정말 세상 살기 싫을 때가 많습니다. 세상은 그냥 곰처럼 살아야 할 때가 많습니다. 그리고 아무 생각 없이 멍 때리고 살 때가 좋은 것 같습니다. 그렇게 여우같고 곰 같은 배우자가 처녀였을 때는 마치 천사 처럼 아니 선녀처럼 보였습니다. 성격 또한 왜 이리 좋았는지...
그래서 그 당시에는 남자들끼리 여친에 대해서
이런 표현을 사용했습니다.

She is a kind woman by nature.
그녀는 진짜 여자야...너무 착해

그런데, 아이를 낳고 세상에 찌들다 보니까. 수퍼우먼 막강 아줌마가 되어서 집안을 흔들어 놓고 있습니다. 남성들이여 해방의 그날까지...투쟁하세요...꿈속에서...

66 일차: What are friends for?

오늘의 간단한 영어 표현

세상은 참 둥굽니다. 먼 외국에서 중학교 동창을 만난다 던가...우연히 초등학교 동창을 여행지에서 만난다던가 하면 세상은 참 좁구나 하는 생각을 하곤 합니다, 이렇게 친구란 뭔가의 끈이 있나 봅니다. 나이를 먹으면 먹을수록 친구 사귀기가 힘들다고 하던 선 인의 말씀이 생각이 납니다. 초딩 때는 모든 아이들이 친 구라고 생각했는데 중딩 때는 몇 명 안되고 고딩 때는 친 구가 아니라 경쟁자가 되고 대딩 때는 이미 우린 너무 먼 길을 갈라서 왔습니다. 정말 제대로 된 친구 하나 사귀는 건 정말 힘든 것 같습니다. 특히 어려울 때 다가와서 이런 말 하는 친구

What are friends for?
친구 좋다는 게 뭐야?

하면서 뭐든지 돕겠다고 하는 친구, 그런 친구 하나만 있으면 세상은 헛산 게 아닌 것 같습니다. 저는 어떠냐고요? 그런 건 물어보는 게 아닙니다.

67 일차: I can handle that!

오늘의 간단한 영어 표현

가정에서는 여자가 하는 일이 있고 남자가 하는 일이
있습니다.
하루 종일 여성들은 빨래하랴...밥 하랴...아이들 돌보랴.
정말 시간이 가는 줄 모른답니다.
그저 남자들은 여성들이 집안에서 노는 것으로 보이는데
아닙니다. 아주 많은 일을 한답니다.
저도 군대에서 자취를 했을 때 매일 아침 5시30분에 일어
나서 밥하고 국 끓이고 먹고 치우느라 아침이 가고 저녁
에 와서는 또 밥 차리고 치우면 10시가 넘었습니다. 그런
데 집안 일이라는 게 남자가 할 수 없는 일이 있습니다.
가령 전문가의 손이 필요한 일.
전기 작업이라든가...벽에 못을 박는 일...
그거 쉬워 보이지만 어쩌면 위험하기도 합니다.
못이 튀어서 눈을 다칠 수가 있습니다.
그래도 남자들은 어느 정도 할 수는 있어야 할 것
같습니다. 그래야 돈과 시간을 절약합니다.

사람 부르면 기다리랴...돈 내랴...좀 그렇습니다.
집안에서 배우자가 이 거 할 수 있냐고 물어볼 때...
사용하는 표현입니다.

I can handle that!
나 그것 할 수 있는데!

나 그거 감당할 능력 되거든!
날 뭐로 보는 것이야 응...

처음에 여자들은 남자들이 웬만한 건 다 할 줄
안다고 믿습니다.
그러다가 세월이 가면 알게 됩니다.
참 못하는 게 많구나!
못하는 게 많아도 남자들은 돈만 많이 벌어오면
됩니다.
자본주의 국가에서는 돈이 최고 아닙니까?
남성들이여!
오늘도 부지런히 벌어서 최고 남편이 됩시다.

68 일차: Money just comes and goes!

오늘의 간단한 영어 표현

자본주의 국가에서는 돈이 최고라고 합니다. 남자들은
이런 사회에서 살기 위해서 열심히 돈을 벌어야 합니다.
그러나 돈이라는 것이 돌고 도는 것인데...
언제 제 순서가 되려나? 그건 기약을 할 수가 없답니다.
그래서 혹시나해서 복권을 살살 긁어보지만
보이는 건 꽝이요...나가는 건 내 돈 5천원
1주일을 기다리고 토요일에 빨간 색연필로 화이팅을
적어보지만 한낱 꿈에 불과한 현실이 마냥 차갑기만
합니다. 그래도 친구를 만나면 이런 말을합니다.
까짓것 그 돈...돈은 있다가도 하고 없다가도 하는 거지
뭐..이렇게 큰 소리를 쳐보기도 한 답니다.
이런 표현을 영어로 뭐라 할까요?

Money just comes and goes!

열심히 살다보면 언젠가 여러분도 돈방석과 돈 베개를 벨
것입니다. 그 날이 오기를 빌면서

69 일차: May I try it on?

오늘의 간단한 영어 표현

외국에는 쇼핑몰이 주차하기도 편하고 단층짜리 건물이 많습니다. 연말이면 빅 세일을 하기 때문에 많은 사람들이 쇼핑을 합니다. 그래서 크리스마스이브 때 정도 되면 연 매출의 거의 40퍼센트를 판다고 합니다. 물론 여성들이 좋아하는 의류도 많이 세일을 하지요. 옷 사이즈가 대부분 좀 크게 나오는 편이라서 옷을 살 때는 꼭 입어봐야 합니다. 우리나라에서 좀 살이 찐 여성도 외국에 나가면 너무 날씬하다고 합니다. 그래서 체구가 너무 작고 귀여워서 어른 용품에는 없고 아동들 입는 것을 골라야 하는 경우도 발생합니다. 그래서 옷을 고르고 나면 입어 봐야겠지요. 그럴 때 사용하는 표현입니다

May I try it on?
제가 입어 봐도 될까요?

허가를 나타내는 may를 사용하면 됩니다.
on은 접촉의 의미라고 생각하시면 됩니다.

70 일차: I am starving to death!

오늘의 간단한 영어 표현

의,식,주 이 세 가지는 인간이면 누구나 필요로 하는
것입니다. 특히 먹는 것은 우리가 살아가는
이유인지도 모릅니다.
먹기 위하여 사는 건지...살기 위하여 먹는 건지는
잘 모르겠지만 먹는 다는 것이 중요하다는 것은
누구도 의심할 수 없는 것입니다.
직장을 구하고 공부를 하는 것도 먹기 위하여 한다고
보면 되겠습니다.
그리고요 특히 남자들이 처가에 가면 잘 먹어줘야
합니다.
"잘 먹는 사람이 복이 많다"고 잘 먹어줘야지
좋은 인상을 주는 건지...모르겠지만...

잠시 어렸을 적 생각을 해보면...
어렸을 적 학교 갔다 와서 엄마에게 뭐라고 했나요?
가장 많이 사용하는 표현이었던 것 같습니다.

엄마 배고파 죽겠어! 밥 줘!
엄마 배고파 뒤지겠어! 밥 줘!

이런 표현 사용하신 거 기억나시지요?

이런 표현을 영어로 말하면

I am starving to death!

배가 너무 고프면 아무것도 안 보입니다.
내가 왜 돈을 버는데..그런데요 너무 많이
먹어도 문제라는데요.
부자라고 5끼...먹는 것도 아니고 소식을 해야지
건강에 좋다고 합니다.
어떻게 오늘 밥 값 하셨나요?
그리고 밥도 죽지 않을 만큼 드셨나요?
그러면 오늘은 할 일 다 하신 거네요.
참 하루가 빨리 지나갑니다.

71 일차: It's good for you and good for me.

오늘의 간단한 영어 표현

몇 년 전에 태국에 간 일이 있답니다. 혼자서 배낭 매고 간 여행이었습니다. 혼자 배낭을 매고 가니까 오토바이에 사람을 실을 짐칸을 단 차가 왔습니다. 혼자 왔냐고 하더니...자기가 관광을 시켜 주겠다고 했습니다. 물론 공짜라고 했습니다. 그러면서 자기가 관광을 시켜 줄 테니까 보석가게에 한 번만 들려서 30분만 있어 달라는 것 입니다. 저는 무료라는 말에 그 차에 탔습니다. 보석가게에 들려서 제가 30분만 있으면 보석가게에서 오토바이 가스비를 준다고 했습니다. 그러면서 저에게 하는 말이
기억이 납니다.

It's good for you and good for me.
이것이 당신에게도 좋고 나에게도 좋은 것이라고...

그 날 수산시장, 금빛 사원을 거쳐 보석가게에 갔습니다. 저는 약속한데로 30분을 있다가 나왔는데 그 아저씨는 이미 가버렸습니다. 누구에게 좋은 건지? not good for me. 여기서 Good for you! 는 잘했어 또는 축하합니다. 의 의미도 있습니다.

72 일차: Let your hair down!

오늘의 간단한 영어 표현

이제 수능이 얼마 남지 않았습니다. 또 고3들이 수능을 보고 고2는 수능이 1년 남고 그렇게 또 세월이 가는 것 같습니다. 수능이 전부라고 생각했는데 대학을 가면 또 토익이니 토플이니 시험을 보고 공무원 시험에 매달리고 직장에 들어가면 승진시험이니 또 시험보고...
그런데요. 그렇게 시험을 많이 보아도 항상 긴장이 되는 건 어쩔 수 없는 것 같습니다.
그럴 때 시험 보는 수험생에게 사용하는 표현입니다.

Let your hair down!
긴장을 푸세요!

긴장을 하면 머리가 쭈빗하는 가 봅니다. 그래서 머리가 선 걸 내리라는 의미인 것 같습니다. 만화 영화를 보면 그런 장면 많이 나옵니다. 긴장하면 머리가 뻣뻣해 지는 거...만화 영화 안 좋아 하신다고요! 네 알겠습니다.

73 일차: Enough is enough!

오늘의 간단한 영어 표현

'적당히'라는 말이 있습니다. 원뜻은 '정확히 맞춘다'는 것입니다. 물을 컵에 따를 경우에 정확하게 따른다는 의미입니다. 그렇지만 우리가 아는 적당히는 대충이라는 의미로 많이 사용하고 있습니다.
모든지 정확히 맞추어서 한다는 건 참 힘든 것 같습니다. 너무 도가 지나쳐도 안 되고 부족해도 안 되고...그렇지만 친구 관계에서는 항상 친구에게 조금 더 주는 그런 생활을 해야지 친구 관계가 잘 유지될 것이라고 생각이 됩니다. 사회 생활도 마찬가지이지요. 항상 내가 조금 '손해 본다.'라고 생각을 해야 합니다. 조금 더 이득 보겠다고 하면 별로 뒤끝이 좋지가 않습니다. 그런데요 조금 손해 보고 양보해주고 이해를 해 주는데...그걸 이용하는 사람도 있습니다. 그런 사람에게 사용하는 표현입니다.

Enough is enough!
이제 그만하세요! (충분한건 충분한 거에요...그 이상을 바라지 마세요!)
과유불급이라고 하지요. 그런데요 말이 쉽지요.

74 일차: Don't be a chicken!

오늘의 간단한 영어 표현

세상에 태어나면서 우리는 남자가 되거나 여자가 되어서 나옵니다. 남자로 태어나고 싶은 사람도 있겠지만 여자로 태어나고 싶은 사람도 있을 겁니다. 그래서 여자도 태어나고 싶은데 남자로 태어나서 성전환 술을 하는 사람도 있곤 하지요. 남자로 태어나면 살면서 이런 말들을 들어요. 남자답게 한 번 해봐! 계집애처럼 그러지 말고...
이런 말 들으면 자존심 상해서 어떻게든 해보려고 합니다. 그렇지만 세상은 자기 자신을 잘 아는 게 굉장히 중요합니다. 때론 물러설 줄 아는 것도 남자다운 것이니까요. 그래도 남자니까...라는 마음으로 해 보는 것도 중요하겠지요. 이렇게 뭔가를 해야 하는데 괜히 겁먹고 못하는 남자에게 사용하고 싶은 표현입니다.

Don't be a chicken! you can do it.
겁 먹지마! 너도 할 수 있어!!

그런데요, 왜 닭들이 겁쟁이라는 생각을 할까요?
닭에게 물어봐야 하나요?

75 일차: Don't miss the boat!

오늘의 간단한 영어 표현

사람이 인생에서 3번의 기회가 주어진다고 합니다. 그 3번의 기회가 왔을 경우 준비된 사람인 경우에는 그 기회를 가지고 성공을 하지만 준비가 되지 않은 사람은 좋은 기회가 간 후에 땅을 치고 후회를 합니다. 그래서 언제나 준비를 하고 기회가 오기를 기다려야 할 것 같습니다. 누구에게나 기회는 옵니다. 그것이 작든 크든...기회가 오면 절대로 놓쳐서는 안 됩니다. 그런 기회는 다시는 안 오는 게 일반적입니다. 그런 좋은 기회가 온 친구에게 사용하는 표현입니다.

Don't miss the boat! 기회를 놓치지 마렴!

여러분도 살만큼 사신 분들은 아실 거예요. 아! 그때가 기회였지...하면서...아닌가요? 아직 기회가 오지 않았다고요? 물론 아직 안 올 수도 있겠지만...그것이 기회인지도 모르는 경우도 많답니다. 기회가 올 경우 결코 놓치지 않은 우리가 되길 빌면서 오늘도 그 기회를 위해서 준비하세요. 마음의 준비만 하신다고요?

76 일차: Don't let me down!

오늘의 간단한 영어 표현

사람들은 모두가 무엇을 위해서 삽니다. 부모는 자식을 위해서 살고 자식은 부모에게 자랑이 되기 위하여 노력합니다. 남편은 처와 자식 먹여 살리려고 합니다. 연애할 때는 자기 애인을 위해서 노력하고 힘쓰고 그 사람들은 모두 다 자기가 가지고 있는 잣대가 있습니다. 부모가 자식에게 바라는 잣대, 자식이 부모에게 바라는 잣대, 애인을 바라보는 잣대 그런데 그 잣대를 보면 결코 쉬운 것이 아닙니다. 뭔가 노력해야 하고 정말 열심히 살아야 합니다. 그런 기준치,,,잣대에 미치지 못하면 우리는 실망이라는 단어를 사용합니다. 그럴 때 사용하는 표현입니다.

Don't let me down!
나를 실망시키지 마세요!

실망이라는 것은 뭔가가 마음이 떨어지는 것입니다. 쿵하고...누구나 실망을 하고 실패도 한답니다. 실망과 실패를 두려워해서는 안 됩니다. 그런 실망과 실패가 있기에 희망과 성공이 존재하는 것이 아닐까요?

77 일차: Don't bother me anymore!

오늘의 간단한 영어 표현

세상에는 여러 종류의 사람들이 존재한답니다. 이분법적으로 본다면 착한 사람과 나쁜 사람입니다. 또한 괴롭히는 사람과 괴롭힘을 당하는 사람. 그런데요 괴롭힘을 즐기는 사람도 있다고 합니다. 남을 괴롭히면서 희열을 느끼는 사람은 세디스트라고 합니다. 괴롭힘을 당하면서 희열을 느끼는 사람을 매조키스트라고 합니다. 고통은 누구나 느끼는 것입니다. 주위에 보면 꼭 한 사람... 장난이든 아니든 괴롭히는 인간들이 있습니다. 그런 인간들에게 사용하는 표현입니다.

Don't bother me anymore!
저를 괴롭히지 마세요! 더 이상!

아! 그런 사람 없다고요. 너무 착한 사람만 있어서 그렇지 않다고요. 자기랑 비슷한 사람만 있어서 주위분이 다 좋다고요! 네, 좋으시겠네요! 혹시나 그런 사람 있으면 꼭 한 번 사용해 보세요.

78 일차: Don't push me!

오늘의 간단한 영어 표현

세상엔 하고 싶은 일과 하고 싶지 않은 일이 있는 것 같습니다. 돈을 벌기 위해서 좋아하지 않은 일을 하기도 하고 돈이 안 되지만 좋아서 하는 일이 있지요. 그러나 돈이 있어야 생활이 가능한 현 시점에서 우리는 적성에도 맞지 않으면서도 그냥 하는 일이 많답니다. 좋아하고 돈도 되는 일만 있다면 세상도 살만할 텐데요. 그런데요...좋아하는 일도 돈에 연관이 되고 매일 한다면 그래도 좋을까요? 그러지는 않을 겁니다. 어느 정도 선이 있는 거지요...선을 넘어선 안될 것 같습니다. 집안에서도 직장에서도 하기 싫은 일을 하려면 시작도 하지 못하고 자꾸 변명하고 딴소리 하게 되어 있답니다. 그런데도 계속 쪼는 아내와 직장 상사에게 하고 싶은 표현입니다.

Don't push me! 강요하지 마세요!

그리고 조용히 하시면 됩니다. 다 밥 먹고 살려고 하는 것...좋은 것 안 좋은 것 따지다보면 정말 할 것 없답니다. 오늘도 그저 그렇게 사시는 우리의 남자들, 그래도 가족이 있어 행복한 거 아닌가요?

79 일차: Go fifty-fifty!

오늘의 간단한 영어 표현

주말이면 가족들과 함께 나들이 하는 가족이 많이
늘었습니다.
그 전에는 남자들은 주말이면 집에서 퍼져 잠을 자거나
아니면 친구들 만나서 한 잔 했는데요.
요즘은 가정적인 남자가 대세인 것 같습니다.
그래도 이런 trend에 따르지 않은 용기 있는 남자들도
그럭저럭 보이는 것 같습니다.
사실 친구 만나면 좋은 건 인정하시지요.
이런 말 저런 말 다 할 수 있는 친구가 있다는 것이
얼마나 다행인 줄 모를 때가 많을 겁니다.
그런 친구 하나만 있어도 인생은 성공했다고
볼 수가 있습니다.
친구를 만나서 술을 마시면 기분도 좋고....
그래서 2차 3차를 가곤 합니다.
그런데요 누구나 수입이 좋은 게 아니고...그런데도
술값을 자기가 내려고 카운터 앞에서 싸우기도 한답니다.

그리고 이러지요..

내가 낼께! 라고 이것을 영어로 this is my treat!! 또는
this is on me! 라고 배운 것 기억나시나요?

그런데요, 아이들 키우다 보면 돈이 들어갈 곳이 참 많습
니다. 영어도 과외 시켜야 하고 수학도 해야 하고
국어도 해야 하고 과학도...

그래요...그래서요...

현실적으로 이런 말을 하고 싶습니다.

친구야 오늘은 그냥 반반씩 내자꾸나...라고

이걸 영어로 뭐라 하냐고요?

Go fifty-fifty!
하시면 됩니다.

아주 쉽지요.

그런데 말 하기가 조금 힘들어요.

친구는 모든 걸 이해해 줄 거에요.

그러니까 친구이겠지요.

그런 친구가 있는 당신 아주 멋지네요.

부럽습니다.

80 일차: I am coming.

오늘의 간단한 영어 표현

영화를 보다 보면 이런 장면 나옵니다.
2층 양옥집에서 1층에 있는 엄마가 2층에 있는 아들에게
"애야 내려와서 밥 먹어라" 하면 2층에 있는 아들이 '네'
하면서 "저 가고 있어요." 하지요.
이럴 때...'간다'라고 해야 하니까
I am going. 해야 할 까요?
한국식으로 하면 I am going 하는 것이 맞는 것
같은데요.
그런데요.
상대방하고 가까워지면 come을 쓰고요
상대방하고 멀어지면 go를 써야 합니다.
그럼요, I am going 하면 무슨 뜻일까요?
그건 밥 안먹고 2층에 있는 창문을 열고
도망가겠다는 의미랍니다. 그래서요...

" Yes, mom. I am coming."
하시면 됩니다.

아셨지요!

그리고 참고로 전화하는 상대방이 뉴질랜드에 있고
제가 서울에 있으면요?

"나 뉴질랜드로 갈꺼야" 라고 표현할 때
상대방과 가까워지는 것이니까 come을 써야
합니다.

그래서

" I will come back to New Zealand"
하시면 됩니다.

아셨지요.
come과 go가 무슨 뜻이냐고요?

아!

81 일차: I am crazy about you!

오늘의 간단한 영어 표현

이 세상에는 남자가 절반 여자가 절반이라고 합니다. 그래서 짚신도 짝이 있다고 합니다. 그렇지만 요즘은 결혼하는 것도 장난이 아닙니다. 결혼하려면 최소한 남자들은 전세비는 있어야 하는데 그것도 32평정도 되는 서울의 아파트...그럼 여기서 답이 나왔지요. 결혼은 이상이요...환상이라고요...옛날엔 숟가락과 젓가락만 있으면 결혼했다고 하던데요. 그건 다 이야기 일 뿐이라고요? 그래요? 그 절반 중에서 정말 마음에 드는 여성을 만난다는 것은 거의 로또를 맞는 거나 마찬가지일 것입니다. 내가 마음에 들지만 상대방은 싫어할 확률이 많기 때문이지요. 좌우지간 너무 마음에 드는 여성을 만나면 뭐라고 해야 하나요? 단순히 I love you! 하는 것보다도 이런 표현 어떠나요?

I am crazy about you!
나는 당신을 미칠 만큼 사랑합니다.

이런 표현을 사용할 만큼 아직 이성을 만나지 못했다면 언젠가 사용할 그 날을 위하여

82 일차: It's now or never!

오늘의 간단한 영어 표현

인생이라는 것이 참 빠르다는 생각을 많이 합니다. 점점
나이를 먹으면 더 빨라지는 걸 느낄 수가 있습니다.
그런데요...인생에 있어서 기회는 3번 온다고 지난 번에
이야기한 거 기억나시나요?
그런데 정말 좋은 기회가 왔을 경우를 대비해서 미리 미
리 준비하라고 했습니다. 그런데 많은 사람들은 그것이
기회인지도 모르고 지나친다고 이야기를 했습니다.
그래서요. 기회다 싶으면 반드시 잡아야 한답니다.
그럴 때 사용하는 표현입니다.

It's now or never!
지금 아니면 절대로 이런 기회는 오지 않을 거야!

정말입니다. 인생 정말 짧습니다.
그리고 몇 번 안 되는 기회에서 결코 놓치지 않은 사람이
되었으면 합니다. 기회 가면 절대로 오지 않습니다.

83 일차: Same to you!

오늘의 간단한 영어 표현

수능도 끝나고 이제 본격적으로 겨울이 올려나 봅니다.거리에 가로수들도 이젠 앙상한 팔다리만 흔들어대고 겨울을 재촉하는 비가 창가를 두드리고 있습니다. 이제 멀지 않아 거리엔 또 연말을 알리는 노랫소리로 가득하겠지요. 그렇게 올해도 간다고 생각하니 아쉬움이 입에서 흘러나옵니다. 친구를 만나면 친구에게 좋은 말을 해 주고 싶은 건 모두다 친구가 잘 되길 바라는 마음일 겁니다. 친구가 잘 되면 제가 잘되는 것 보다 더 기쁘지요. 친구가 행운을 빈다...라거나 좋은 덕담을 줄 때 사용하는 표현입니다

Same to you!
당신도 그러시길 바랍니다.

그런데요, 세상에는 다 좋은 친구만 있는 게 아니지요. 악담하는 친구도 있답니다..물론 그런 사람은 친구가 아니지만 그런 친구에게도 Same to you!! 하시면 됩니다. 너도 마찬가지거든...그런 뉘앙스입니다.

84 일차: What's the point?

오늘의 간단한 영어 표현

우리의 한글이 과학적인 문자라는 것은 누구나 알고 있습니다. 그러나 이런 한글이 외국 사람에게는 배우기 힘든 언어라고 합니다. 그래서 한국 사람들이 영어를 배우기 힘든 이유이기도 한답니다. 그런 언어를 말하는 데 괜히 많은 이야기를 하는데 내용이 없는 이야기를 하는 사람이 더러 있습니다. 뭔가 본론을 이야기해야 하는데 서론만 꺼내는 사람 그런 사람에게 사용하는 표현입니다.

What's the point?
그래서 요점이 뭔데?

그렇다고 요점만 딱 말하면 그것도 너무 성의 없다고 하지요. 말을 길게 말하면서 하고 싶은 말을 못하는 사람들은 보통 '아쉬운 말'을 해야 하는 사람들이 많지요. 그래서 이야기를 못하고 말을 빙빙 돌리지요. 그래도 너무 답답하면 효과가 없답니다. 논리적으로 감성적으로 사람을 설득하는 것도 다 능력인 것 같습니다.

85 일차: You stay out of it!

오늘의 간단한 영어 표현

친구들 중에 보면 유달리 남의 일에 참견하는 친구가 있답니다. 사사건건 참견하고 뭐라 하면 괜히 삐치는 친구, 다 친구를 생각한다고 하지만 그래도 어느 정도 선은 항상 존재하는 거랍니다. 부부간에는 못할 말이 있지만 친구 지간에는 못할 말이 없다고 하지요. 하지만 가까울수록 더더욱 말은 가려서 해야 합니다. 사소한 것에 의가 상하기 쉽기 때문이지요. 그래서요. 정말 신경을 쓸 필요가 없는데 괜히 신경 쓰는 친구에게 하고 싶은 표현입니다.

You stay out of it!!
좀 빠져 줄래!

우리가 도로에 나가면 차량 간에 차간거리를 유지하듯이 친할수록 항상 명심해야 합니다.친구지간에도 엄연한 거리가 존재한답니다. 그래야 오래가니까요.

Keep a distance between friends! 하세요.

86 일차: After you!

오늘의 간단한 영어 표현

'곳간에서 인심이 난다'고 하였습니다. 그러하듯이 남에 대한 배려는 본인의 환경이 많은 영향을 주는 것 같습니다. 여유가 있어야 배려가 나오는 데요. 과거에는 먹고 살기 힘든 시절엔 서로 먼저 갈려고 하였지만 요즘은 그러한 경향이 많이 준 것 같습니다. 그만큼 우리 사회도 성숙했다라고 볼 수가 있겠지요. 선진국가로 가는 대한민국이 자랑스럽기도 하지요. 길을 가다고 혹은 무슨 일을 하다가 남에 대한 배려를 위해서 사용하는 표현입니다.

After you! 먼저 하세요!

남에 대한 배려가 결국 자기 자신을 위한 배려입니다. 세상은 돌고 돈다고 하지요. 나의 조그마한 배려가 결국엔 우리 사회를 아름답게 만들고 행복이라는 열매가 된다는 것을 기억해야 합니다. After you!
조금 늦는다고 세상 변하지 않습니다. 도로에서도 남을 위한 운전, 사회에서도 남을 위한 배려 그것이 건강한 사회를 위한 우리의 실천입니다.

87 일차: Get real!

오늘의 간단한 영어 표현

쌍둥이라 하더라도 성격이 참 다르다는 걸 볼 수가 있습니다. 관상과 사주가 같은데도 불구하고 성격이 다른 걸 보면 참 신기하기도 합니다. 성격은 타고 나는 거라고 하는데 어떤 사람을 보면 직업이 그 사람의 성격을 만들곤 합니다. 사실 보면 다 먹고 살려고 하다 보니까 성격이 조금씩 달라지는 것 같습니다. 조리사들도 보면 일식 조리사가 성격이 참 날카롭습니다. 그건 요리를 아시는 분은 아실 겁니다. 일식 자체가 날카로운 칼로 회를 뜨고 섬세해야 하기 때문이지요. 아무래도 칼을 잡는 직업이 그런 성격을 만드는 것 같습니다. 흔히들 내성적 성격과 외향적 성격이라고 하는데요. 외향적 성격을 가지는 사람들 보면 인생을 재미있게 그리고 쉽게 사는 걸 느낍니다. 그런 친구들은 진지할 때가 있는데도 불구하고 허허 넘기려고 하고 장난끼가 많기도 하지요.
그런 친구에게 하고 싶은 표현입니다.

Get real! 진지하게 해!

웃을 때 웃고 진지할 때 진지해야 할 것같습니다.

88 일차: Be punctual!

오늘의 간단한 영어 표현

대학 다닐 때 신촌에 punctual이라는 카페가 있었습니다. 그 카페를 볼 때마다 이런 생각을 하곤 했습니다. 저 카페에서 만날 때는 항상 정각에 맞추어 가야 하나? 만약 시간에 늦게 가면 무슨 벌금이라도 있나? 아니면 주인 아저씨가 약속 시간 늦는 걸 싫어하나? 하면서 별의별 생각을 다 했습니다. 누군가를 만날 때 가장 중요한 것은 늦지 않는 거라 생각합니다. 여성분을 만날 때는 여성분 중에 이런 생각을 하는 사람이 있었습니다. 나는 여자이니까 조금 늦어 줘야지...하면서 일부러 늦게 오는 사람이 있었습니다. 전 이런 분 별로 안 좋아했습니다. 그래서 그런지 제가 제일 싫어하는 게 늦는 겁니다. 그래서 전 항상 30분 일찍 갑니다. 그리고 밖에서 기다렸다가 거의 맞춰서 들어갑니다. 그런 친구들 항상 늦는 친구에게 사용하는 오늘의 표현입니다.

Be punctual! 지각하지 마!

그래도 늦는 친구라면 다시 한 번 생각해 보아야 할 친구라 생각됩니다.사소한 약속도 못 지키는 친구가 어찌 큰 일을 하겠습니까? 안그런가요?

89 일차: Get off my back!

오늘의 간단한 영어 표현

아들은 아빠의 등을 보고 자란답니다. 그래서 여성분들이 결혼 할 때는 시아버지를 먼저 보는 것이 좋다고 합니다. 반대로 남성분들이 결혼할 때는 장모님을 먼저 보아야 합니다. 딸은 엄마를 닮고 아빠는 아들을 닮는다고 합니다. 물론 엄마가 싫다거나 아빠가 싫다거나 해서 닮지 않는다고 하는 사람들 보면 대부분 이미 많은 부분을 닮았더군요. 그걸 본인 자신만 모르는 것입니다.

아버지가 다소 술을 좋아하고 남 괴롭히기 좋아한다면 그 아들도 다분히 그리할 공산이 큽니다. 이런 남자들 보면 참 집요하게 사람들 괴롭힙니다. 그리고 뭐가 잘못 되었는지를 인지를 못하는 것 같아요. 그런 친구에게 사용하는 표현입니다.

Get off my back!
날 좀 내버려둬!

나의 등 뒤에서 떨어져 줄래? 라는 거지요.
그만 괴롭히고 나가떨어지라는 겁니다.

90 일차: Back off!

오늘의 간단한 영어 표현

도로를 달리다 보면 여러 가지가 차 뒤창에 보입니다. 참 재미있는 표현을 많이 사용하지요. 초보운전이라고 하기도 하고...아기가 타고 있다...라고 하기도 하지요. 그럼 외국에서는 어떤 표현을 사용할까요? 뉴질랜드에 있을 때 보면 이런 표현이 인상적이었습니다. 불독 사진이 있고 Back off! 라고 되어 있더군요. 무슨 의미인가요? 아시겠지만 물러나라는 거지요. 가까이 붙지 말고 그러니까 차간 간격을 유지하라는 것입니다. 우리도 이와 같이 누군가가 접근하려고 하면 이와 같은 표현을 사용할 수가 있는 겁니다.

Back off! 물러나 주세요!

Back이라는 것은 뒤로 가라는 것이고 Off는 떨어져 있으라는 거지요. 그래서 뒤로 좀 떨어져 있으라는 겁니다. 차를 타고 가다보면 많은 이들이 차간 간격을 유지 안 하는 걸 볼 수가 있답니다. 그래서 앞 차량이 급정거하면 십중 팔구 추돌사고가 납니다.

외국에서는 추돌사고는 무조건 뒷차량 잘못입니다.
우리 나라처럼 몇 대 몇 없습니다.
과실이 큰 쪽이 다 물어줍니다.
그리고요 뉴질랜드는 대인보험이 없답니다.
왜냐고요?
사람이 다치면 국가가 다 치료해 줍니다.
그래서 대물보험만 들면 됩니다.
그리고 웬만한 접촉사고는 그냥 지나치곤 합니다.
서로에게 배려해 주는 마음이 필요한 것이
오늘의 우리가 사는 세상 같습니다.

91 일차: Give me a call!

오늘의 간단한 영어 표현

이제 얼마 있으면 연말연시가 다가옵니다.
송년회라고 해서 거리는 사람들로 가득차고
오랜만에 친구들도 만나고 좋은 시간이 될 거라고
생각이 됩니다.
친구는 만날 때는 반갑고 헤어질 때는 아쉬움이
많이 남게 됩니다.
그런 친구랑 헤어지면서 사용하는 표현이 있답니다.

Give me a call! see you later!
전화 주렴! 다음에 또 보자

친구는 늘 만나도 좋지요. 그런 친구를...
이제는 연말연시에만 만나지 말고
늘 가까이하고 만나는 한 해가 됐으면 합니다.

92 일차: Go ahead!

오늘의 간단한 영어 표현

뭔가 결정을 내릴 때는 항상 조심스럽습니다. 그래서요 조직에서 사장이라는 직함이 남 보기에는 쉬워 보일 수가 있지만요. 아주 스트레스 받는 자리라고 합니다. 그건 중요한 결정은 사장이 해야 하기 때문이죠. 누가 대신 결정을 해 줄 수 있는 것도 아니고 더더군다나 책임을 져야 하기 때문입니다. 친구나 아는 사람이 뭔가 주저할 때 사용하는 표현입니다.

Go ahead! 어서 하세요!

그럼 본인 결정이 잘못 되지 않을 거라는 확신을 느끼게 되지요. 그렇다고 무조건 go ahead! 하시면 안 됩니다. 생각을 해보고 나서 괜찮은 생각이다...라고 판단하시면 그럴 때 사용하는 표현입니다. 지금까지 마음에만 두고 못한 일이 있다면 오늘 당장 하세요. 내일이면 늦습니다. 누군가에게는 내일이 없을 수가 있으니까요. 특히 사랑하는 사람에게 하고 싶은 말이 있다면
'Go ahead tonight!

93 일차: Have you gotten over your cold?

오늘의 간단한 영어 표현

갑자기 요즘 가을이었다가 한겨울이 되어버렸습니다. 15일 전하고 30도 이상의 온도 차이가 난다고 하던데요. 날씨가 도대체 어디로 가는지 알 수가 없답니다. 요즘 정세도 어디로 가는지 모르겠던데...경제는 동해바다에 떠 있는 조각배 신세이고...그럴수록 여러분들은 자기가 원하는 목표에 더욱 매진해야겠습니다. 네? 목표가 없다고요? 이런 요즘 건강관리에 유념 하셔야겠습니다.
감기에 걸린 친구를 만나면 사용하는 표현을
오늘 해보지요.

Have you gotten over your cold?
감기 나았나요?

Get over는 '극복하다.'라는 숙어입니다
동의어는 overcome입니다.
오늘 감기 걸린 친구를 만나면 한 번 사용해 보세요.
감기 나았나요? 물론 걱정 어린 표정으로 하셔야 합니다.
밝은 얼굴로 하시면 오히려 오해 사기 쉽답니다.

94 일차: Are you sure?

오늘의 간단한 영어 표현

우리가 드라마를 보면 정말 많이 듣는 표현이 있습니다.
정말이야 라는 표현이지요. Really! 라고 하면 되는데요.
이런 표현은 너무 많이 사용했지요.
그래서요 좀 더 긴 표현을 한 번 보지요.
물론 이 표현도 많이 사용하는 표현입니다

Are you sure?
정말이야?

확실해요? 라는 뜻도 되지요
물론 정말이나 확실이나 의미는 비슷하지요.
그런데 이러한 표현을 들을 때마다 이런 생각을 해봅
니다. 그렇게 우리 사회가 불신의 사회인가? 라는 생각
을...돌다리도 두들기고 건너라고 했지요..
뭐든지 무사튼튼하는 게 최고지만 그래도 정직한 사회를
꿈꾸며 오늘도 열심히 살아보지요.

95 일차: Just fooling around!

오늘의 간단한 영어 표현

직장인들에게 있어서 휴가는 마치 꿀물 같다고 합니다. 매일 반복되는 일상 속에서 일주일 정도의 휴가는 마치 천국을 갔다 온 것 같지요. 물론 휴가 기간 동안 휴가를 즐기는 사람이 있는 반면에 밀렸던 여러 가지 은행업무나 공공기관 업무를 보는 사람도 있지요. 그리고 1년 정도 빈둥빈둥 놀고 싶기도 한답니다. 정말이죠. 친구를 만나면요. 친구가 요즘 어떻게 지내니? 하면요. 야, 요즘 그냥 빈둥거린다...라고 하고 싶어요. 하지만 빈둥거리는 것도 하루 이틀이지요. 먹고 사는 게 입안에 거미줄 치는 거라...누구 말대로 60이 넘어야 가능할 것 같습니다. 이렇게 그냥 빈둥거리며 지내...라는 표현을 오늘 배워보지요.

Just fooling around! 그냥 빈둥거리며 지내!

빈둥거리는 게 바보 같나 봐요. 그래서요. 직역하면 단지 바보처럼 주위를 헤매고 다녀 라는 뜻이지요. 방에서 왔다 갔다 바보처럼 오늘 그런 바보가 되는 꿈을 꾸어보며 물론 한 쪽에 가득 현금을 쌓아놓고요. 그냥 놀면 백수지요...백수가 아닌 한량이 되고 싶습니다.

96 일차: What's new with you?

오늘의 간단한 영어 표현

매일 쳇바퀴처럼 돌아가는 일상에서 우리는 누구를 만나면 이런 표현을 사용한답니다. 뭐 새로운 거 없니?
그런 의미로 별고 없지? 라는 표현을 사용합니다.
마치 무슨 일이라고 일어났으면 좋을 것 같은 표정을 지으면서 말입니다. 세상일이라는 게 매일 똑 같은 일을 반복하는 직장인에게는 하루하루가 별로 의미가 없어 보입니다. 그래도 뭔가 새로운 일이 생기면 잠깐 눈이 커질 뿐...그냥 매일 하는 것이 좋아 보입니다. 그래서 나이가 먹으면 보수가 되어 간다고 합니다. 이미 해 왔던 것 가지고 먹고 사는데 무슨 혁명이니 개혁이니 이런 걸 원하겠습니까? 좌우지간 누구를 만났을 때 사용하는 표현입니다. 눈을 게슴츠레하게 뜨고 물어보는 표현입니다.

What's new with you?

별고 없지? 별고란 특별한 사고로서 새로운 것을 의미합니다. 이러한 표현은 그냥 물어보는 표현입니다. 늘 반복되는 일상...그냥 한 번 던져보는 안부 인사입니다.

97 일차: What do you think about it?

오늘의 간단한 영어 표현

세상을 혼자 살아간다는 것은 참 힘든 것 같습니다. 외롭기도 하지만 뭔가를 혼자 결정을 해야 합니다. 어렸을 때는 부모님이 결정해 주시는 걸 따라가기만 하면 됐는데 어른이 되니까 뭐든지 스스로 결정을 해야 합니다. 그런데 아는 것도 없고 경험한 것도 없었습니다. 그래서 혼자서 생각 생각하다가 결국에 누군가에게 물어봐야 합니다. 그럴 때 사용하는 표현입니다

What do you think about it?
어떻게 생각하십니까?

남에게 뭔가를 물어보는 것은 창피한 것이 아닙니다. 모르면 물어 보는 게 당연합니다. 그래서 전문가가 있는 것 같습니다. 나이가 많다고 모든 것을 아는 것은 아닙니다. 그렇다고 전적으로 남에게 의존하는 것도 좋은 모양새는 아닌 것 같습니다. 세상에는 정답이 없다고 합니다.

98 일차: Please say hello to her for me.

오늘의 간단한 영어 표현

제가 아는 친구 중에는 외국에서 오래 살다가 현지인과 결혼한 친구들이 몇 있습니다. 그 친구네 집에 전화 걸면 친구 집사람이 전화를 받곤 합니다. 그럼 얼른 영어를 사용한답니다. 그래서 친구를 바꿔달라고 하고 이야기를 합니다. 문화가 다르고 언어가 다른 사람이 사랑이라는 단어에 이끌려서 결혼하고 산다는 게 보통 인연은 아닌 것 같습니다. 간혹 전화를 하다보면 친구 집사람이 저희 집사람에게 안부를 전해달라고 하는 경우가 있습니다. 그것이 참 신기했습니다. 왠지 모르는 영어로서의 안부라...그녀가 다음과 같은 표현을 사용했습니다.

Please say hello to her for me.
그녀에게 안부 전해 주세요.

제가 아는 형도 꼭 저를 만나면 아이들 물어보고 집사람에게 안부를 전해달라고 합니다. 그러면 저도 안부 전해달라고 어색하게 말을 합니다. 마음은 있는데 입이 말을 듣지않습니다.

99 일차: Let me introduce myself to you.

오늘의 간단한 영어 표현

사회 생활하다 보면 많은 낯선 사람을 만납니다.
그 사람들이 무엇을 하고 어디에서 사는지가 참 궁금합니다. 다 똑같은 집에서 그럭저럭 살겠지만 그래도 남들 사는 게 참 궁금합니다.
낯선 모임을 가면 항상 자기소개를 하곤 합니다.
외국에서 생활할 때 신학기에 학교에서 수업을 하면
꼭 첫 수업시간에 자기소개 하라고 합니다.
그러면 참 떨리고 가슴이 두근거렸습니다.
가득이나 한국말로도 하기 힘든 자기소개
그것을 영어로 해야 하니까요.
간단하게 저의 이름은 뭐고요. 몇 학년이고요.
그리고 잘 지내보자 이런 식으로 인사를 하곤 했습니다.
이러한 자기 소개를 할 때 시작하는 표현입니다.

Let me introduce myself to you.
제 소개를 하겠습니다.

자기 소개에 대한 에피소드가 있습니다.
제가 뉴질랜드에서 MBA를 할 때였습니다.

수업 첫시간에 한 여성분이 자기 소개를 했습니다.
그녀는 30대정도의 나이에 백인이었습니다.
남자들이 좋아하는 얼굴형과 몸매를 지니고
있었습니다.
그녀가 이런 자기소개를 했습니다.

자기는 3가지가 없다고 했습니다.
첫째는 남자친구가 없고
둘째는 집이 없고
셋째는 돈이 없다고 했습니다.

그런데 그 당시에 교실에 있던 남자들이 그녀가
남자친구가 없다는 말에 급호감을 보였습니다.

지금쯤은 결혼 했을까? 하는 생각을 해 봅니다.

100 일차: Going up?

오늘의 간단한 영어 표현

6층 이상의 건물에는 건축법상 엘리베이터를 설치해야 하는 걸로 알고 있습니다. 그래서 건물들이 5층까지만 짓는 다고 합니다. 제가 어렸을 때는 엘리베이터 있는 건물을 보기가 힘들었습니다. 하지만 요즘은 거의 모든 건물에 다 있습니다. 그런데요 엘리베이터를 타면 사람들은 아무 말 없이 자기가 가고 싶은 층수를 누르곤 한답니다. 뉴질랜드에서 엘리베이터를 타면 사람들이 자주 사용하는 표현이 있습니다.

Going up?
올라가세요?

내려가세요? 는
Going down? 하시면 됩니다.

어때요. 오늘 한 번 엘리베이터를 타는 데 누가 타면 물어보세요. 올라가세요? 아니면 내려가시나요? 라고...그럼 사람들이 좋아 할까요?

101 일차: Why don't you grow up?

오늘의 간단한 영어 표현

우리가 사회 생활하다보면 여러 종류의 사람들을 만납니다. 그 중에 보면 건강관리를 잘하는 사람들이 참 많습니다. 틈틈이 헬스하고 수영하고 젊어지려고 성형도 합니다. 그런데요 어떤 사람들은 자기 나이보다 어려 보이는 사람도 있습니다. 동안이라고 합니다.

젊었을 땐 어려보인다고 하면 별로 좋아하지 않았습니다. 그런데 나이를 먹어보니까요 어려 보이는 것이 좋은 거라는 것을 알았습니다. 그런데 마음만 어린 사람이 있습니다. 맨날 아이들처럼 철없는 사람들...정말 답이 없습니다. 그런 사람들에게 사용하는 표현입니다.

Why don't you grow up?
나이 값 좀 하세요.

자기가 피터팬도 아니고 자기 나이에 맞은 생각과 얼굴이 가장 좋은 것 같습니다.
보통사람이 가장 좋은 것 같습니다.

102 일차: Here is something for you!

오늘의 간단한 영어 표현

얼마 있으면 연말연시가 다가옵니다. 크리스마스가 지나
고 설날이 오고 우리는 한 해를 정리하면서 고마웠던 분
들에게 인사도 하고 선물도 주기도 합니다. 고마운 인사
라고 선물을 주는데 너무 가격이 비싸면 그건 선물이 아
니라 뇌물이라고 합니다. 금년에도 고마웠으니까 내년에
도 잘 봐 주십시오. 하는 그런겁니다. 그리고 선물은 포장
이 되어 있어서 내용물을 모르게 하여야 합니다. 그래야
신비감도 있고 설레임도 있으니까요. 그렇다고 껍데기만
그럴싸한 건 자칫 위험할 수도 있습니다. 그래서요 오늘
은 누군가에게 고마운 사람에게 특히 이성에게 선물을 줄
때 사용하는 표현입니다.

Here is something for you!
이것은 당신을 위한 것입니다.

그런데요 여성분들은 선물이 조그만 상자에 담긴 걸 좋아
한다고 합니다. 왜 그럴까요? 특히 네모난 상자를 좋아한
다고 합니다. 가볍고...물론 가격은 무겁고...
그래서 저는 연말연시가 무섭습니다.

103 일차: She is history to me!

오늘의 간단한 영어 표현

인연이라는 것이 따로 있다고 합니다.
피천득 씨의 인연을 읽다 보면 우리네 인생은 자기 마음
대로 되지 않는다는 것을 알 수가 있습니다.
뭐든지 알 수 없는 인연의 끈이 작용해서 만나는 것이라
고 할 수가 있습니다. 헤어지고 나서 우리는 늘 이런 말을
합니다.
"우리는 인연이 아니었나 봅니다." 라고 그리고
"좋은 사람 만나세요."
그런데요. 처음 만난 사람보다 더 나은 사람은 찾기가
참 어렵습니다. 왜냐고요?
처음 누군가를 만날 때 그냥 심심풀이로 만나는
사람은 없습니다.
이리 저리 재보고 생각하고 한 끝에 결정한 만남이기에
자기의 이상은 아닐지 몰라도 거의 절반에
가까운 사람이니까요.

만남도 어렵지만 헤어짐은 더 어려운 것입니다.
그래서 결혼은 불행의 시작이고 이혼은 파멸의
시작이라고 하잖아요.
여자 친구와 잘 만나다가 헤어지고 난 후에 친구를
만나면 친구들이 물어봅니다. 그녀는 잘 있냐고?
그럴 때 사용하는 표현입니다

She is history to me!
그녀는 나에게 지난 일이야!

직역하면 그녀는 나에게 있어서 역사이다.
그러니까 이미 끝난 사랑이라는 뜻입니다.
You are history. 라고 하시면 당신은 역사다.
곧 당신은 죽었다 끝장이다. 라는 말입니다.
예를 들어 진실을 말하지 않으면 당신은 끝장이다.
Tell me the truth or you are history.
라고 하시면 되겠지요.
Be history는 죽었다, 끝장이다, 더 이상
중요하지 않다. 라는 뜻입니다.
역사는 흘러갑니다. 그런데요 우리도 흘러갑니다.
흘러가는 속에서 우리는 그냥 흘러가는 잎새가 되지 말고
의미 있는 뭔가가 되었으면 합니다.

104 일차: I was deeply touched.

오늘의 간단한 영어 표현

옛날엔 영화 한 편 보려고 하면 영화관에서 줄을 쭉 서야 했습니다. 피카디리나 단성사는 서울에서 인기가 있었던 극장이었습니다. 지금은 있나 모르겠네요. 하도 영화를 본 지가 오래 되어서...이젠 텔레비전에서도 영화를 볼 수가 있고 인터넷에서도 영화를 볼 수 있는 시대가 되어서인지는 모르겠습니다. 그래도 큰 스크린으로 보는 거랑 감동이 다릅니다. 영화를 본 후에 영화에 대한 감동을 받았을 경우에 사용하는 표현입니다.

I was deeply touched.
나는 깊이 감동했습니다.

물론 영화가 재미가 없고 감동이 없었다면 뭐라 하셔야 하나요. I was so bored. 하시면 됩니다. 나는 너무 지루했습니다. 라는 말입니다. 아시겠지만요...이렇게 감동을 나타내는 표현은 항상 수동태를 써야 합니다. 왜냐고요? 영화가 나를 감동을 주거나 지루하게 했기 때문입니다. 이번 주말엔 영화 한 편 때리러 갈까요?

105 일차: How many times do I have to say that?

오늘의 간단한 영어 표현

세상을 둘로 딱 나누는 사람들이 참 많습니다. 뭐냐고요?
이분법으로 생각하는 사람들이죠. 좋지 않으면 나쁘다는
거지요. 항상 그 중간도 있는데요. 흑백논리라고 하나요.
흑이 아니면 백...그리고요, 정말 말을 잘 듣는 사람이 있
는가 하면 정말 말을 안 듣는 사람도 있습니다.
수천 번 이야기해도 말을 흘리는 사람 정말 피곤합니다.
머리가 나쁜 건지 아니면 너무 좋은 건지...
그런 분들에게 사용하는 표현입니다.

How many times do I have to say that?
내가 그것을 몇 번이나 이야기해야 합니까?

여러분들은 한 번만 들으면 모든지 이해가 되는 분들이시
지요. 그래서 영어 단어도 한 번만 보면 다 외우시고 문장
도 달달 외는 유아독존 달인이 아닌가요?
네? 무슨 쉰소리를 하냐고요?

106 일차: Help yourself!

오늘의 간단한 영어 표현

우리네 인생에서는 의식주가 굉장히 중요합니다. 그 중에서 특히 먹는 건 인생의 낙이자 희망입니다. 나이를 먹으면 식탐만 남는다고 하네요. 그래서요...배만 나오고 엉덩이만 뚱뚱해지고 거의 타원형의 몸이 형성이 되지요. 그래도 먹는 것은 포기를 할 수 없나 봅니다. 우리가 싫어하는 암이 제일 좋아하는 게 지방이랍니다. 우리는 그런 지방을 몸에 지니고 다니고 있답니다. 뷔페에 가면 정말 먹을 것이 많습니다. 그런데요 사람들 심리가 먹을 것이 많으면 왠지 식욕이 땅기지가 않습니다. 먹을 것이 부족해야지 서로 먹으려고 달려드는 데 말입니다. 좌우지간 먹을 때 사용하는 표현입니다. 살이 찌더라도 먹을 때는 상대방에게 상냥하게 말씀해 보세요.

Help yourself! 많이 드세요!

아마도요...누가 먹을 걸 나누어주면 그것을 먹어야 하는 강박감이 몰려오나봅니다. 그래서요 당신 스스로 알아서 드세요. 라는 뜻인 것 같습니다. 오늘도 여러분들 마음껏 드셨나요?

107 일차: Hold on a minute!

오늘의 간단한 영어 표현

외국 사람들이 우리나라에 와서 제일 먼저 배우는 말이 '빨리 빨리'라고 합시다. 왜냐고요 식당이나 버스나 어느 곳을 가든지 사람들이 '빨리'를 외친다고 하기 때문입니다. 뭐가 바쁜지 참 알 수가 없습니다. 아침에 지하철을 타려면 사람들이 구름처럼 달려갑니다. 그리고 지하철에 끼어서 각자의 직장으로 학교로 갑니다. 제가 중학교 다닐 때...학교 가는 버스는 정말 만원 버스였습니다. 어느 날 사직공원으로 올라가는 고바윗길에서 차가 뒤뚱거리며 옆으로 누운 적이 있답니다. 여유가 없는 세상이지만 그래도 우리는 여유를 찾을 필요가 있다고 생각합니다. 누군가가 뭔가를 빨리 하라고 요청할 때 사용하는 표현입니다.

Hold on a minute! 잠깐만 기다리세요!

물론 wait a minute 라고 하셔도됩니다. 그런데 이 표현은 너무나 흔합니다. 바람처럼 가는 인생 오늘은 구름처럼 흘러가면 어떨까요?

108 일차: I am free.

오늘의 간단한 영어 표현

하루 종일 뭐가 바쁜지 정말 매일 매일이 시간과의 전쟁을 하는 것 같습니다. 직장 다녔을 때는 정말 시간이 어떻게 흐르는지 몰랐습니다. 한 달은 잘 가는데 왜 이리 월급날은 늦게 오는지? 그리고 한 달에 딱 한 번 월급날만 좋았습니다. 그리고 그 다음 날 부터 또 달력에 하나씩 지우면서 살았습니다. 지금 생각해보니 그 때가 참 좋았구나! 하는 생각을 해 봅니다. 그렇게 바쁜 사람들이 친구에게 가장 하고 싶은 표현입니다.

I am free.
나는 한가합니다.

정말 하고 싶습니다. 그런데요 세상이 참 그렇습니다. 돈이 있으면 시간이 없고 시간이 많으면 돈이 없고 돈도 있고 시간이 많으면 이미 나이가 너무 많아져 버리고...그게 인생이라는데 어떻게 하겠습니까? 바빠도 항상 여유 있는 마음이 깃드는 하루가 되었으면 합니다.

109 일차: I am broke.

오늘의 간단한 영어 표현

사람이 사회 생활하는 데 절대적으로 필요한 것이 무엇일
가요? 사회 생활 즉 직장 생활은 궁극적으로 돈을 벌기 위
한 것이라 생각됩니다. 돈이 없다면 어쩔까요? 우리가 인
간답게 살 수 있을까요?
사람으로서의 품위 유지를 하려면 경제 생활은 불가피한
것 같습니다. 그래서 우리가 공부를 하는 이유이기도 하
겠지요.
뉴질랜드에 어학원에서 영어를 처음 공부할 때 일본 아이
들이 참 많았습니다. 일본 아이들 보면서 영어에 대한 자
신감을 키웠답니다.
왜냐고요? 정말 일본 애들 발음 엄청 좋습니다.
영어 발음 들으면 정말 정신이 확 깹니다.
어떻게 저렇게 발음할 까? 하는 생각을 해 봅니다.
그런데 그 당시에 제가 아는 친구가 일본 아이들에게 이
런질문을 잘 했습니다. 너 돈 좀 있니? 라고
그러면 꼭 그 애들은 돈이 없어요. 라고 말을 합니다.
영어로 I have no money. 라고 했지요.
돈이 한 푼도 없다는 것인데요.

그러면 그 친구는 이렇게 물어봅니다.
그럼 너는 어떻게 어학원 다니니? 라고
그러면 일본 애들이 아무 말도 못하더라고요.

자, 그럼 여기서 돈이 없다는 표현
다른 표현은 뭐가 있을까요?

I am broke.
난 빈털터리야!

좀 현지 영어다운 표현 아닌가요?
뭔가 배운 티가 나는 표현이지요.
백인들 보면요...정말 돈 없는 애들 많습니다.
현금 인출기에서 현금 뽑고 나서 영수증 걔네들은
안 가지고 갑니다.
왜냐고요? 잔액이 별로 없거든요.
그래서 영수증 즉 잔액이 남아있는 종이가 필요가
없습니다.
하루살이처럼 산답니다.
매주 주급 받으면 렌트비 내고 먹을 것 사고
그러면 그의 주머니는 비어 버립니다.

110 일차: I will be in touch.

오늘의 간단한 영어 표현

12월이 점점 그 끝을 향하여 가고 거리엔 사람들이 옷깃을 여미고 바람은 차디찬 입김만 뿜어댑니다. 이럴 때는 따끈한 홍합 국물과 소주가 최고인데...대학 시절 신촌에 있던 포장마차의 국물이 그리워집니다. 그 땐 친구들 만나면 왜 그리 좋았는지 모르는데 지금은 그런 친구들 만나기가 힘든 것이 아쉽기만 합니다.
연말에 친구를 만나면 사용하는 표현입니다.

I will be in touch.
내가 연락할게...

그런데 내가 연락할게 해 놓고 연락하는 것이 쉽지가 않습니다. 사는 게 바쁜지라 이리 치이고 저리 치이다 보면 하루가 한 달이 1년이 그냥 지나갑니다. 마치 고속도로에 차가 도로를 달리듯 가는 우리네 시간들...묶어둘 수도 없고 잡을 수도 없고 늘어나는 하얀 머리 그리고 주름들...우리가 천 년 만 년 살 것도 아니고 1달에 하루라도 하고 싶은 거 하면서 살고 싶다는 생각을 해 봅니다.

111 일차: I have no appetite.

오늘의 간단한 영어 표현

사람들은 누구나가 욕심을 가지고 있습니다. 그것이 물욕이든 식욕이든지...사람이 욕심이 없다면 그건 목표도 없다는 겁니다. 또한 욕심이 있어야지 사람인 것입니다.
나이를 먹으면서 남는 건 식욕이라고 합니다. 그런데 그러한 식욕이 떨어진다는 건 모든 것이 끝나 간다는 것이지요. 몸과 체력이 약해지면서 식욕도 없어지고 또한 개인의 욕심도 사라지고 세월이 모든 것을 가볍게 하는 것 같습니다. 몸 안의 욕심과 부질없는 생각들...누가 밥 먹자고 할 때 밥맛이 없을 때 사용하는 표현입니다.

I have no appetite.
저는 식욕이 없습니다.

살아있는 생명은 본능적으로 먹을 것을 찾는다고 합니다.
우리가 직장을 다니고 학교를 다니는 것은
결국 먹고 살려고 하는 것이 아닌가요?
그나저나 오늘은 뭘 먹어야 하나?

112 일차: I am going to miss you.

오늘의 간단한 영어 표현

사람이 살다보면 만남과 헤어짐이 반복이 되는 생활을 한
답니다. 제가 뉴질랜드에 있었을 때도 많은 사람들을 만
나고 많은 사람들과 헤어졌습니다. 뉴질랜드에서 후이아
라는 플렛에서 있었을 때 불가리아 사람을 만난 적이 있
었습니다. 그 아저씨는 불가리아에서 크게 식당을 했다고
했습니다. 그러나 불가리아는 사회주의 국가라 사업하기
가 너무 힘들었다고 합니다. 동네에는 갱단이 있어서 식
당에 와서 그렇게 돈을 달라고 하더랍니다.
그래서 뉴질랜드로 오기로 결정했다고 하더군요.
오클랜드에서 커피 샵을 열기로 하고 매뉴얼도 보여주곤
했습니다. 그러던 중 저는 서울로 오게 되었고 또 다른
헤어짐을 했어야 했습니다.
그 때 그 아저씨가 사용하던 표현입니다.

I am going to miss you.
나는 당신을 그리워 할 것입니다.

지금은 아직도 오클랜드에 있으려나? 모르겠습니다.
고등학생 정도 되는 딸도 있던 그 아저씨가 사회주의 국
가가 아닌 민주주의 국가에서 뿌리를 제대로 내리고 잘
살았으면 합니다.
그 때의 인사가 마지막이 되어 버린 지금
언젠가 다시 돌아간다면 볼 수 있으려나?
모르겠습니다.

인생이란 다 그런 것 같습니다...
헤어짐은 만남을 목적으로 하지 않는다는 것을...

113 일차: So far so good!

오늘의 간단한 영어 표현

예전에 직장 생활할 때였습니다. 새로 신입사원이 들어왔는데 카츄사를 나온 친구였습니다.기본적으로 영어가 되는 사원이었고 외국계 은행인 우리 회사에서 영어를 매일 사용해야 하는 줄 아는 것 같았습니다. 그러나 사실 우리 은행에서는 업무상 메일은 모두 영어로 사용을 해야 하지만 실질적인 영어 회화를 할 일은 별로 없었습니다.
일부 윗선에서만 영어를 사용하는 경우는 있었습니다. 신입사원도 들어오고 해서 우리 부서는 회식을 하였습니다. 술이 돌아가고 어느 정도 취한 상태에서 내가 그 신입사원에게 물어 보았습니다. 은행에 들어오니까 어떠냐고...그 때 그 사원이 사용한 표현입니다.

So far so good! 지금까지는 잘 되고 있습니다.

뭐 처음이니까 그럴 수 있겠지! 라는 생각을 했습니다. 처음엔 뭐가 쓴지 뭐가 단지 알 수가 없기 때문입니다. 그냥 정신이 없으니까요. 지금은 어디서 무엇을 하나 궁금하네요.

114 일차: I will never make it on time.

오늘의 간단한 영어 표현

연말에 해외로 나가시는 분들이 많은 것 같습니다.
한국의 겨울은 매섭고 춥습니다.
남반구의 뉴질랜드는 지금 파란 하늘이 온 종일 유리창에
투명하게 보이는 여름입니다.
아침 6시 부터 저녁 9시까지 대낮처럼 밝습니다.
저는 겨울만 되면 뉴질랜드 하늘이 그리워집니다.
파란 하늘과 하얀 구름 그리고 녹색의 산들이
아직도 내 가슴속에 잔잔한 그리움으로 다가옵니다.
해외로 나가실 때는 항상 미리 준비하고 나가셔야
합니다.
특히 여권은 꼭 챙기시고 또한 여권 유효기간을
확인하셔야 합니다.
또한 시간은 꼭 엄수하시고 미리 나가셔야 합니다.
간혹 시간을 잘못 생각하셔서 늦는 분들도 있습니다.
그런데요 비행기는 절대 기다려주지 않습니다.
그렇게 시간에 쫓기어 제 시간에 맞추지 못할 경우에
사용하는 표현입니다.

I will never make it on time.
제가 제 시간에 가는 건 틀렸습니다.

Make it은 성공하다, 해내다, (시간에) 대다.
라는 뜻입니다.
여기서는 시간에 맞추다. 라는 의미입니다.
문장 맥락에 따라서 여러 가지 의미로 추론할
수가 있습니다.

Make대신에 여러 가지 동사를 사용해서
여러 가지 표현을 만들 수가 있습니다.
영어회화를 공부하실 때 표현을 외우는 것이 매우
중요합니다.
하지만 그것만치 중요한 것은 응용력을 키우는 것입니다.
문장 속에서 하나의 동사나 명사만 바꾸어도
훌륭한 표현들이 많이 나오게 됩니다.

115 일차: Just go for it!

오늘의 간단한 영어 표현

뭔가 새로운 것에 도전한다는 것은 매우 힘든 것입니다.
이미 해 놓은 것이 많은 사람일수록 현실에 안주하고
싶고 새로운 도전을 회피하고 싶습니다.
연일 신문지상에 나오는 보수와 진보가 그런 의미가 아닐
까요? 보수는 지키려고 하고 진보는 깨려고 하고 보수는
현실에 안주하려고 하고 진보는 새로운 도전을 하려고
하고 뭐가 맞고 틀린 것은 없는 것 같습니다.
시대와 상황에 따라 달라지기 때문입니다.
나이가 젊은 사람들은 뭔가 새로운 것을 원하고
나이가 있는 사람들은 새로운 것을 두려워하기도 하고
또한 그럴 필요가 없기 때문인 것 같습니다.
사업도 20대에 하면 실패율 20퍼센트라고 합니다.
30대...40대 올라가면 갈수록 실패할 확률이 높다고 합니
다. 그리고 나이가 먹어서 실패하면 정말 답이 없습니다.
그래도요 공부하는 사람이라면...
새로운 것에 도전을 해 봐야 되지 않을까요.
그것 또한 공부이니까요. 뭔가 새로운 것을
만난 친구에게 사용하는 표현입니다.

Just go for it!
한 번 부딪쳐 봐!

인생에는 끝없는 좌절과 실패가 있습니다.
그러나 성공이라는 것은 그러한 실패와 좌절이 피가 되고
살이 되어서 이루어진다는 것을 명심해야 할 것입니다.
누구나 실패합니다.
그러나 그것을 어떻게 극복하느냐가
성공으로 가는 열쇠가 되는 게 아닌가 생각합니다.

116 일차: It is very painful for me to talk about it.

오늘의 간단한 영어 표현

세상에는 할 말이 있고 못 할 말이 있습니다. 장소나 때에 따라서 해야 할 말 그리고 하지 말아야 할 말 그리고 말하고 싶지 않은 말이 있고 말하고 싶은 말이 있습니다. 여자 친구와 헤어진 친구에게 전 여자 친구를 이야기 한다는 것은 무척 실례이자 마음 아프게 하는 행동입니다. 잊을 만하면 이야기 하고 아픔이 아물 만하면 이야기한다면 그건 결코 친구로서 좋은 행동이 아니겠지요. 그런데요 눈치가 없는 친구가 나에게 그러한 이야기를 물어본다면 사용하는 표현입니다.

It is very painful for me to talk about it.
제가 그것을 말하는 것은 너무 슬픈 일입니다.

세상은 머리가 좋은 사람보다 눈치가 빠른 사람을 좋아하는 것같습니다. 물론 머리가 좋으면 눈치가 보통 빠르지만..안 그런 사람도 있습니다. 누군가에게 무슨 말을 하려고 할 때 항상 먼저 그 말이 실례가 되지 않을까 한 번 생각하고 이야기하는 사람이 되는 오늘이 됐으면 합니다.

117 일차: Make sense?

오늘의 간단한 영어 표현

외국에 처음 가시면 어학원에서 영어를 배우게 됩니다.
어학원 가면 백인들과 함께 영어를 배우겠구나?
생각하는데요. 아닙니다.
가면 중국 애들과 일본 애들과 함께 영어를 배웁니다. 간
혹 동유럽 아이들도 와서 영어를 배우지만 보통 어학원에
서는 중국인, 일본인, 한국인들이 섞여서 배웁니다.
같은 한국 사람끼리 영어를 쓸려고 하면 굉장히
쑥스럽기도 합니다.
그럴 때 느끼는 것은 한국에서 열심히 할 껄 이라는
후회입니다.
이런 식이라면 한국에서도 충분히 할 수 있을 텐데라는
생각도 합니다.
강사야 당연히 백인이지만 사실 실력이 많이 의심스럽습
니다. 사실 강사 중에 대학을 나온 강사도 드물고 또한
어학 전공자도 극히 없습니다.

오히려 문법은 한국 사람이 더 많이 알고 있습니다.
강사들 중에는 사투리도 쓰는 강사도 있고...
발음도 깨끗하지 못합니다.
그래서 영어방송을 들을 때 가장 편하게 듣는 것은
뉴스입니다.
방송인들은 표준발음에 정확한 발음을 하니까요.
그리고 매일 나오는 방송은 뻔합니다.
누가 다쳤다거나...누가 사기를 쳤거나...
어학원에서 강사가 많이 사용하는 표현이 있습니다.
뭘 막 설명하고 나서 다음과 같이 말을 합니다.

Make sense?
이해가 되니?

Do you understand it? 이라고 할 수도 있습니다.
이 표현보다는 make sense를 많이 사용한답니다.
그런데요 여기서 영어를 배우려면 한국이 좋을까요?
외국이 좋을까요?
그건 본인하기 나름입니다.

118 일차: Chin up!

오늘의 간단한 영어 표현

겨울이 왔습니다.
겨울이 있어야 봄이 온다고 합니다.
세상살이가 그렇더라고요
산이 있으면 계곡이 있고 어려운 일이 있으면
쉬운 일도 있고 좋은 일이 있으면 나쁜 일도 있고
따뜻한 봄을 저는 오늘도 기다려 봅니다.
그러려면 이 겨울을 슬기롭게 보내야겠습니다.
아직도 겨울에 떠는 친구에게 사용하고
싶은 표현입니다.

Chin up! my friend.
힘내라 친구야!!

Chin은 턱이라는 뜻입니다.
그래서 직역하면 턱을 들라는 겁니다
머리를 수그리지 말고 턱을 들고 살라는 거지요
저 너머에 있는 산을 보고 오늘도 화이팅 합시다.

119 일차: Let's eat out!

오늘의 간단한 영어 표현

하늘이 반갑지 않은 미세먼지로 가득 차 있습니다.
그래도 오늘은 성탄절입니다. 기대했던 화이트 크리스마
스는 아니지만 오늘은 가족과 함께 보내야 될 것 같습니
다. 이런 날은 집에서 밥 해 먹는 게 여간 귀찮은 게
아닙니다. 그럴 때 사용하는 표현입니다.

Let's eat out! 외식하러 나가자!

집 밥이라고 하지요. 집에서 먹는 밥. 외식을 하면 음식
이 참 달달하고 맛이 있습니다. 소위 말하는 감칠맛 나는
음식들 그런데 그거 아시나요? 그렇게 감칠맛 내기 위해
서 얼마나 많은 화학 조미료가 들어가는지...그리고 설탕
은 얼마나 사용하는지요. 제가 일전에 제빵 배울 때요. 보
통 빵 만드는데 밀가루와 거의 동량의 설탕이 들어간다는
것을 배웠습니다. 그리고 부드러운 빵을 만들기 위해서
버터도 또한 많이 들어갑니다. 그래서 맛이 있고 부드러
운 빵이 탄생한답니다. 그 모든 것들이 배 안으로 들어오
면...나중에 나이 먹으면 놀라운 결과를 확인하실 수
있답니다.

120 일차: Let's get together this weekend!

오늘의 간단한 영어 표현

연말연시라 너무 바쁘시지요. 한 해를 정리하려면 여러 가지 일이 많습니다. 회사에서는 망년회다 송년회다...그리고 친구들도 한 번 만나줘야 하고 새해엔 또 무엇을 할 것인가 계획도 세워야 하고 그러면서 또 한 해는 가는데 해 놓은 것은 없다는 등 하면서 친구와 만나서 푸념을 합니다. 친구에게 전화하고 만나자 하는 약속을 하면 겸사 겸사 다른 친구들도 불러서 만나지요. 그럴 때 사용하는 표현입니다.

Let's get together this weekend! 이번 주말에 모이자!

친구들을 만날 때가 가장 기분이 좋은 것 같습니다. 하지만 친구와 가지는 시간이 길수록 집에서 기다리는 식구와의 시간은 줄어듭니다. 친구와 술을 많이 마시면 마실수록 집에서 기다리는 가족의 혈압지수는 올라갑니다. 무엇이 더 중요한지는 모르겠지만 균형감 있는 생활을 할 필요가 있어 보입니다. 친구랑 만나서 늦게 들어갈 것 같으면 들어갈 때 뭐라도 사서 들고 가야 합니다. 물론 현금이 많다면 현금이 좋겠지만 그렇다고 뻥튀기 같은 거 사들고 가면 집에서 뻥 하고 쫓겨납니다.

121 일차: Money talks!

오늘의 간단한 영어 표현

사람이 살아가기 위해서는 의식주가 필요하다고 합니다. 먹고, 자고, 입고, 하는 것이 우리가 살아가는 3가지 목적 이지요. 그 중에서 먹는 것이 가장 중요한 것 같습니다. 공부하는 것도...남들 라면 먹을 때 밥을 먹고 싶어서가 아닐까 하는 생각을 해 봅니다. 우리가 사는 자본주의 국가에서는 특히나 돈이 일하는 목적이기도 하겠지요. 그래서요...우리가 뭔가를 결정하고자 할 때 우리는 얼마나 많은 비용이 드는지 그리고 얼마나 벌 수 있는지를 따지게 됩니다. 이렇게 누군가가 사업 아이템을 가지고 왔을 때 사용하는 표현입니다.

Money talks! 돈이 좌지우지하지!

결국 사람이 결정하는 것이 아니고 돈이 결정하는 것 입니다. 그래서 돈이 말한다. 라고 표현하는 것 같습니다. 그러나 너무 돈만 밝힌다면 결국 우리는 돈의 노예가 되고 만다는 것을 명심해야 할 것입니다. 너무 적은 돈도 너무 많은 돈도 우리에겐 좋지 않습니다. 하루에 3끼 굶지 않고 먹을 수 있을 만큼 벌고 살면 되지 않을까요?

122 일차: It's my pleasure.

오늘의 간단한 영어 표현

영어 표현 중에서 우리는 thank you라는 말과
I am sorry라는 말은 누가 말을 해도 알아듣습니다.
그건 왜 일까요? 다 아시겠지만 그러한 표현들이 많이 사
용되기 때문입니다. 그만치 영어에서는 남에 대한 감사하
는 마음과 남에 대한 배려가 있다는 것입니다. 그렇다고
우리 언어 생활이 잘못 되었다는 것이 아닙니다. 그건 엄
연한 문화의 차이에서 오는 것입니다. 그래서 언어를 배
우려면 그 나라의 문화를 먼저 배워야 한다는 것입니다.
문화를 알면 그 나라의 언어를 습득하는 데에 많은
도움을 받습니다.
누군가 남에게 배려하는 마음과 행동이 나올 시에
상대방은 저에게 고맙습니다. 라고 말합니다
그럴 때에 사용하는 표현입니다.

It's my pleasure.
천만에요, 오히려 저의 기쁨입니다.

'고맙다'라고 말을 들으면 기분이 참 좋습니다. 그러한 기분 때문에 남을 배려하고 남에게 도움이 되고자 하는 것입니다. 남을 배려하는 마음도 마치 마약과 같습니다. 왜냐고요? 남이 너무 기뻐하는 모습을보면 더욱더 남에게 잘하려고 하기 때문입니다.

123 일차: Never better!

오늘의 간단한 영어 표현

칭찬은 고래도 춤을 추게 한다고 합니다. 남을 칭찬할 줄 아는 마음을 가지는 게 중요한 것 같습니다. 그러나 세상은 남을 칭찬하고 살기엔 너무 척박하고 경쟁이 심한 것은 사실입니다. 경쟁에 뒤쳐지면 그건 인생의 실패라고 할 수가 있겠지요. 이 좁다란 땅에 너무 많은 사람이 살고 있어서가 아닌가? 라는 생각을 해봅니다. 어떻게 보면 그러한 경쟁이 우리나라를 이만큼 경제 성장의 원동력이 되었다고 할 수가 있겠지요. 그래도 옛날보다 먹고 사는 것이 많이 좋아진 건 사실입니다. 절대적 빈곤이 아니라 상대적 빈곤이 우리의 목을 조고 있다는 것을 우리는 인정해야 합니다. 힘들수록 남을 배려하는 마음이 필요한 것 같습니다. 남을 칭찬하는 것이 곧 나를 위한 것이라고 생각하면서 오늘은 남을 칭찬하는 표현을 알아봅시다.

Never better! 최고야!

직역하면 '더 이상 나은 것은 없다'입니다. 세상은 돌고 돈다고 합니다. 우리가 입에서 나오는 말도 돌고 돌다가 본인에게 다시 돌아온답니다. 남을 배려하고 남을 돕는 것이 나를 위함이라는 것을 항상 생각하며 사는 우리가 되었으면 합니다.

124 일차: Never say die.

오늘의 간단한 영어 표현

신문지상에 맴도는 유행어가 있습니다. 유행어라고 하지
만 결코 즐거운 단어가 아닙니다. 세상을 풍자하는 말인
데요. 가슴 한 구석을 송곳으로 찔러오는 기분이 듭니다.
뭐냐고요? '헬 조선'이라는 말입니다. 누가 그러더군
요...한국은 지옥 같다고요. 경쟁에 밀리면 더 이상 갈 데
도 없고 당장 오늘은 이렇지만 그래도 미래에 조그만
희망을 가지는 우리가 됐으면 합니다.
그래서요. 그런 힘없는 친구에게 하고 싶은 표현입니다.

Never say die.
절대 희망을 버리지 마세요.

언젠가 떠오를 당신의 태양을 위해서 오늘 힘껏 다시금
허리띠를 조이고 달리도록 합시다.
그래도 우리 사회가 힘들어도 우리보다 더 힘든 나라와
사람이 많다는 것을 항상 기억하세요.
그래도 몸뚱아리 하나 건강한 게 어디인데요.

125 일차: Not a chance!

오늘의 간단한 영어 표현

우리 언어 생활에서는 완곡한 표현이라는 것이 있습니다. 직설적으로 이야기 하지 않고 돌려서 한다는 것입니다. 상대방이 마음이 상하는 것을 최대한 피하려고 하는 아름다운 우리 문화의 소산입니다. 영어에서는 그러한 표현이 좀 미흡한 것이 사실입니다. 명료하게 되면 '예스' 안 되면 '노' 라고 합니다. 동양 문화의 이러한 장점이 어떤 상황에서는 답답할 수가 있습니다. 명확하게 말을 해 줘야 하는데 자꾸 뜸을 들이는 경우입니다. 분명하게 안 되면 안 된다고 하는 것도 상대방에 대한 배려라고 생각을 합니다. 그럴 때 사용하는 표현입니다.

Not a chance! 절대로 안 돼!

No way와 같은 표현이라고 생각하시면 됩니다.
특히 남녀관계에서는 분명하게 말을 해야 합니다.
남자들은 조그마한 관심을 사랑이라고 생각하는 경우가 있습니다. 좋으면 좋다 싫으면 싫다 라고 명확히 말하는 사회가 됐으면 합니다.

126 일차: No sweat!

오늘의 간단한 영어 표현

사촌이 땅을 사면 배가 아프다고 합니다. 그것은 우리 사회가 남한테 칭찬과 격려보다는 질시와 경쟁으로 가득 찬 사회라는 것을 말해 줍니다. 제로섬 이론이 있습니다. 물자는 한정되어 있고 그것을 나누어 먹는 사회 구조이기 때문에 내가 10을 얻으면 상대방은 10을 잃은 구조라는 것입니다. 그래서 결국은 영이라는 것이지요..윈-윈 이란 것은 존재할 수가 없는 것입니다. 모든 것이 제로섬이라는 것은 아닙니다. 상대방에 대한 고마움과 감사는 결코 제로섬이 아닙니다. 고마움이 고마움을 낳고 감사가 감사가 되는 사회가 결국 우리가 바라는 이상 사회가 아닌가 하는 생각을 하면서 상대방이 나에 대한 감사 표시를 할 때 사용하는 표현입니다.

No sweat!
뭘 그런 걸 가지고 그래.

Sweat 이라는 단어는 '땀, 식은 땀'이라는 의미입니다. 그래서 직역하면 땀 흘린 것이 없다. 그래서 별거 아니라는 것입니다. 상대방의 감사에 대한 의사표현입니다.

127 일차: No wonder!

오늘의 간단한 영어 표현

사람이 살면서 중요한 건 자신감이라 생각합니다.
시작이 반이라고 했습니다. 그런데 거기다 자신감만 있으
면 90퍼센트 다 된 거라는 생각을 해 봅니다
자신감은 거저 오는 건 아니라 생각합니다. 노력이 빚어
낸 선물이라고 할 수가 있습니다. 노력이 쌓여서 뭔가 성
과물이 되고 그것이 자신감이 되는 것입니다. 노력하지
않고 자신감을 갖는다는 것은 그건 자신감이 아니라 자만
심이라고 할 수가 있겠습니다. 새해에는 자신감이 넘치는
사람이 되길 바랍니다. 이런 자신감이 넘치는 사람이
사용하는 표현입니다.

No wonder! 당연하지.

"너 이번에 1등 했다지?" 이럴 때 사용하는 표현입니다.
당연하지! 내가 얼마나 열심히 공부했는데...
사람이 살면서 1등이 전부는 아닙니다. 하지만 노력 없는
1등은 없다는 것을 명심해야겠습니다. 노력을 하고 최선
을 다한 후에 얻는 결과에 대해서는 승복하는 지혜로움이
넘치는 한 해가 됐으면 합니다.

128 일차: Nothing much!

오늘의 간단한 영어 표현

사람들이 사는 모습은 거의 매 한가지인 것 같습니다. 조금 잘 나고 조금 더 못나고 그 차이 밖에 없습니다. 그냥 하루 밥 세끼 먹는 건 같으니까요. 요즘은 많이 먹어서 살 찐다고 문제가 됩니다. 그 전엔 배가 나오고 살이 찐 사람이 부러웠지만 지금은 날씬한 사람이 부러운 세상이 되었습니다. 날씬하다는 것은 그 만큼 자기 관리를 잘 했다는 것입니다. 밥도 하얀 쌀밥을 먹지 않고 잡곡을 먹습니다. 어렸을 때 하얀 쌀밥을 도시락으로 싸 온 아이가 참 부러웠습니다. 보리밥을 싸 온 아이, 보리밥 쌀밥 반반인 아이 등등. 세상이 그 전보다 많이 좋아진 건 사실인 것 같습니다. 알고 보면 세상은 별 거 없습니다. 그러나 모르기에 세상이 겁나고 두려운 것입니다. 세상이 두려운 아이에게 하고 싶은 표현입니다.

Nothing much! 별거 없어.

남들이 할 수 있는 건 본인도 할 수가 있답니다.
안 해보고 미리 두려워하는 것은 아닌 것 같습니다
오늘 한 번 세상에 외쳐보지요. 별거 없다고...

129 일차: I have nothing to do with it.

오늘의 간단한 영어 표현

뉴질랜드에서 수영장을 매일 다녔습니다. 요금이 1년에 365불 정도 했습니다. 우리나라 돈으로 따지면 하루에 1000원 꼴입니다. 학생의 신분으로 수영장을 다녔기 때문에 가격이 많이 저렴했습니다. 그런데 어느 날 연 초에 수영장에 또 등록 하러 갔더니 요금이 오른 것입니다. 그래서 제가 그 수영장 직원에게 물어 봤습니다. 왜 올랐냐고? 그 때 그 직원이 사용한 표현입니다.

I have nothing to do with it.
나랑 관계가 없습니다.

그렇습니다. 그 직원하고 상관이 없습니다. 시간이 가면 물가가 오르듯이 수영장 요금도 오르는 것이 당연한 것입니다. 그런데 우리나라 수영장은 제가 살고 있는 대전 같은 경우는 하루에 3000원 정도 합니다. 그렇게 비싼 건 아니지만 뉴질랜드에 비해서 조금 비싼 편입니다. 새해를 맞이하여 수영장엘 가야 하는데 나이를 먹으면 먹을수록 게을러집니다.

130 일차: I am serious.

오늘의 간단한 영어 표현

새해가 되면 우리는 새로운 각오로 임합니다.
금연을 한다, 금주를 한다고 합니다.
그렇지만 작심삼일이 되는 경우가 많습니다.
삼일만 지나면 내가 뭘? 하면서 포기하는 경우가 많습니
다. 그러나 그 중에도 심각하게 계속 1년을 유지하는
대단한 사람도 많습니다.
그런 대단한 사람들이 사용하는 표현입니다.

I am serious.
나는 진짜야, 심각해.

"술 마시러 가자."
"나 술 끊었는데...이번엔 진짜야..."

금년에는 작년까지 못했던 것들을 할 수 있는 한 해가 됐
으면 합니다. 심각하게 금년에는 진짜로 여러분이 하고
싶은 것을 했으면 합니다.

131 일차: She is my style.

오늘의 간단한 영어 표현

사람들마다 이상형이 다 다르다는 것이 자연의 섭리인 것 같습니다. 물론 이쁘다는 얼굴형은 비슷하지만 이상형은 또 다른 것이기도 합니다. 남자들이 길을 걷다가 이상형을 보게 되면 사용하는 표현입니다.

She is my style.
그녀는 내 스타일이야.

이상형을 만나면 감히 말을 걸기가 쉽지가 않습니다.
이상형이기 때문에 가슴이 너무 뛰어서 말을
걸기가 힘듭니다.
그래서 이상형은 이루어질 수가 없는 것 같습니다.
시험도 부담이 가면 자꾸 실수합니다.
마음이야 실수하고 싶지가 않지만
몸이 따르지 않는 걸 어떻게 하겠습니까?
그것이 자연 현상인걸요.
그저 물 흐르는 데로 살아가야겠습니다.

132 일차: Ok, skip it.

오늘의 간단한 영어 표현

가정이 화목해야 나라가 걱정이 없다고 합니다. 그 만치 가정은 국가의 근본이 됩니다. 가정이 평화롭기 위해서는 집에서는 가장인 남편이 솔선수범해야 할 것입니다.
남자와 여자는 근본적으로 다르다고 합니다. 남자는 사소한 것을 기억하지 못합니다. 반면에 여자는 사소한 것에 목숨을 건다고 합니다. 과거에 소홀했던 것에 대하여 여자는 평생 남편에게 이야기 한다고 합니다. 이것저것 잔소리를 해대면 남자들은 당할 재간이 없답니다. 이렇게 여자가 남자에게 잔소리를 할 때 사용하는 표현입니다.

Ok, skip it.
알았어, 그냥 넘어가자.

그래서요 평소에 꼭 챙겨줘야 할 건 다 해 줘야 합니다. 기념일은 빠짐없이 챙겨줘야 하고요.
항상 말조심해야 합니다. 그것이 남자의 숙명이라고 생각하셔야 될 것 같습니다. 그래야 가정에 평화가 옵니다.

133 일차: So much for that.

오늘의 간단한 영어 표현

아무리 좋은 이야기도 두 번 이상 들으면 잔소리라고 합니다. 좋은 마음으로 이야기 하지만 상대방이 싫어하면 그건 잔소리인 것입니다. 친구지간에도 그렇지요.
친구를 위한다고 계속 이야기 하면 좋을 게 없습니다. 그리고 성인인 이상 한 번 이야기 하면 다 알아듣습니다. 그래도 계속 이야기 하는 친구를 나무랄 수 없지만 사람 마음이 안 그렇지요. 그 친구의 마음을 알아도 그것 뿐 듣기 싫은 건 듣기 싫은 것이니까요.
그럴 때 사용하는 표현입니다.

So much for that.
그 정도로 하자 그만하자

모든 것이 그래요. 지나치면 안됩니다.
적당히 적절한 것이 필요합니다.
그런데 그게 어디 쉬운가요?

134 일차: It sounds good.

오늘의 간단한 영어 표현

우리는 언제부터인가 다른 사람들의 한숨 소리를 꺼려한 것 같습니다. 귀에 듣기에 좋은 소리를 듣고 싶어 합니다. 아쉬운 소리, 비난하는 소리 보다는 긍정적인 소리에 귀를 더 기울인 것 같습니다. 그래서 인터넷상에서도 긍정적인 뉴스에 반응을 하지만 '어렵다'라는 이야기엔 관심이 없답니다. 세상은 반, 반인 것 같습니다

누구에게는 좋을지 모르지만 누구에게는 그것이 안 좋을 수가 있습니다. 그건 현대사회가 경쟁 사회이기 때문입니다. 한국사회가 성장하기 위해선 대기업들이 국내에 더 많은 투자와 관심을 가져야 될 것 같습니다. 누가 취직했다거나 좋은 대학에 들어갔다는 소식이 들려왔을 때 사용하는 표현입니다.

It sounds good. 듣기에 좋네요.

요즘 사는 게 참 뻑뻑합니다.
세상은 달라질 건 없고 아니 더 나빠지는 것 같습니다.
이럴수록 삶의 지혜가 더 필요한 것 같습니다.

135 일차: Stop complaining.

오늘의 간단한 영어 표현

누구나 긍정적인 사람을 좋아합니다. 매사에 부정적인 사람을 좋아할 수가 없습니다. 사실 본인도 뭔가에 대해서 부정적인 반응을 보이고 불평도 하고 싶지만...남이 사소한 것에 대하여 불평하는 건 정말 보기가 힘들답니다.
그래서요 아저씨들이 이런 말을 합니다. 나이 먹어서 연애하면 본인들이 하면 로맨스고 다른 사람이 하면 불륜이라고요. '내로남불'이라고 하지요.
사사건건 이러 저러한 일에 대하여 불평을 하는
친구에게 사용하는 표현입니다.

Stop complaining.
불평 좀 하지 마세요.

그렇다고 매사에 불평이 없는 건 그것도 문제이겠지요.
최소한의 불평과 불만은 필요하답니다.
하지만 정도 이상의 불평과 불만은 예기치 못하는 결과를 불러 일으킬 수 있다는 것을 명심해야겠습니다.

136 일차: Something's fishy.

오늘의 간단한 영어 표현

사람뿐만 아니라 동물에게도 말로 설명 못하는 능력이 있다고 하지요. 그걸 영감이라고 하나요? 영적인 능력이라고 하지요. 특히 여성은 남성보다 감이 뛰어납니다. 이 남자가 바람을 피우는지 안 피우는지...대번에 알아보는 능력...완전범죄의 능력이 없다면 그냥 바람 피는 것을 포기해야 합니다. 뭐냐고요? 그냥 여자를 만나면 한 여자에게 충실하셔야 합니다. 양다리를 걸친다거나 한 눈 팔면 뒷감당 안 됩니다. 그래도 한 눈 파는 남자에게 여성들이 사용하는 표현입니다.

Something's fishy. 뭔가가 이상하네.

뭔가가 냄새가 난다는 의미입니다. 생선의 비리한 냄새가 이상하다고 느꼈나 봅니다. 그래서 이러한 표현이 나오지 않았을까 생각해 봅니다. 어설픈 거짓말보다 솔직함이 때론 좋을 때가 있답니다. 그런데요 사실 어설픈 거짓말로 시치미 떼는 것도 필요하다는 것을 꼭 기억하시길 바랍니다. 때론 세상은 알면서도 속아주기도 하니까요.

137 일차: Don't worry! everything will be ok.

오늘의 간단한 영어 표현

세상 살다보면 걱정할 일이 한 두 가지가 아닙니다.
아이들 키우다보면 이것저것 신경 쓸 일이 많지요.
학교생활을 잘 하고 있는지?
다른 아이들한테 왕따는 안 당하는지?
맞지나 않은 지? 그렇다고 때리면 더 힘들겠지요.
앗싸리 맞는 게 나을 수도 있겠지요.
그런데 요즘은 아빠들은 맞지는 말아라! 라고 가르친다고
합니다. 그것도 경쟁이라고 해서 그런가요.
모든 게 경쟁이고 또한 걱정거리인 이 세상
걱정하는 친구에게 사용하는 표현입니다.

Don't worry! everything will be ok.
걱정 하지 마! 모든 일이 잘 될 거야.

걱정한다고 해서 안 될 일이 되고 될 일이 안 되는 거
아닙니다. 다 이미 끝난 일! 우린 그저 최선만 다 하면
됩니다. 믿으세요. 모든 일이 다 잘 될 거라고...
그러면 잘 된답니다.

138 일차: I feel the same way.

오늘의 간단한 영어 표현

나이를 먹으면서 친구 사귀기란 하늘에 별 따기보다 힘들다는 생각을 해 봅니다. 어렸을 때는 친구가 지천에 깔려 있다고 생각했는데 점점 세월이 갈수록 사람을 모르겠습니다. 사회에 진출하면서는 더 합니다. 같은 학교 동문 만나기도 힘들고 같은 나이의 동료도 만나기도 힘들어서 별로 나이 차이 안 나면 그냥 이형, 김형 하면서 지내는 것 같습니다. 친구란 비슷한 환경에서 자라고 비슷한 생각을 하는 사람이 친구가 될 수 있는 것 같습니다. 친구를 만나서 이야기 하다보면 서로가 공감하는 부분이 많다는 것을 느낍니다. 그리고 친구가 하는 말에 동감도 합니다. 친구가 느끼는 감정에 대하여 동감을 할 때 사용하는 표현입니다.

I feel the same way. 나도 동감이야...

같은 감정을 느끼는 친구와 만나는 시간은 정말 빨리 지나갑니다. 그리고 따뜻함을 느끼지요. 그런 친구가 많다면 이 세상도 살만한 가치가 있다고 생각합니다. 네? 그런 친구가 없다고요? 그럼 그런 친구가 되도록 노력해 보는 오늘이 되었으면 합니다.

139 일차: I have a long way to go.

오늘의 간단한 영어 표현

생활의 달인이라는 프로를 보면 정말 대단하다는
생각을 합니다.
우선 그렇게 오랜 세월을 한 가지만 하고 산 것에 대하여
경외감을 느끼고 오래 했다고 해서 그런 경지에 오르는
것도 아니라는 걸 알기에 또 놀랍니다.
먹고 살다보니까 그렇게 되었다고 하는데 그래도 어느 정
도 소질과 관심이 꼭 수반되어야 한다고 생각을 합니다.
누군가가 자기가 하는 일에 대하여 아직 달인의 경지에
이르지 않았을 때 사용하는 표현입니다.

I have a long way to go.
나는 아직 갈 길이 멀지.

달인은 안 되더라고 자기가 하는 일에 최소한
만족하고 사는 인생을 한 번 꿈꾸어 보는
하루가 됐으면 합니다.
단지 먹고 살기 위한 방편이 아닌...

140 일차: It's not fair.

오늘의 간단한 영어 표현

사람들은 평등을 말합니다. 그런데요 결코 평등할 수가 없는 게 세상인 것 같습니다.

태어날 때 능력이 다른 걸 어떻게 하겠습니까?

그리고 사람이 욕심이 있는 이상...항상 평등할 수가 없습니다.

평등한 사회를 꿈꿀 수는 있지만 현실은 그런 사회가 될 수가 없다는 걸 알면서도 사람들은 평등을 외칩니다.

왜냐고요? 이상은 다다를 수 없는 곳에 있지만 사람에게 아무런 희망도 없다면 삶은 아무런 의미가 없기 때문입니다. 토요일만 되면 로또를 사람들은 긁고 있습니다. 과연 그 사람들 가운데 자기가 되리라고 확신하는 사람은 몇 명이나 있을까요? 아마도 별로 없을 것입니다. 그냥 혹시나 그저 그런 생각으로 사는 것이지요.

자그마한 희망이 우리를 살리는 것 같습니다. 무슨 일을 할 때 공평하지 못할 때 사용하는 표현입니다.

It's not fair. 공평하지 않아요.

세상이 공평하지 않습니다. 아니 우리들 마음이 먼저 공평을 원하지 않는 것 같습니다. 남들보다 하나 더 가지고 있어야 거기서 얻는 뭔가가 있지 않나요.

그러한 욕심이 있는 이상...세상은 공평할 수가 없습니다.

그래도 평등한 세상을 꿈꾸는 우리가 됐으면 합니다.

141 일차: Keep the change.

오늘의 간단한 영어 표현

예전에 은행에서 근무할 때였습니다. 그때는 9시30분에 문을 열고 4시30분이면 문을 닫았습니다. 그래서 사람들은 은행이 4시30분에 끝나는 줄 아는데 본격적인 일은 4시30분 이후부터랍니다. 마감을 해야 하는데요. 업무시간에 했던 것을 정리하는 일이랍니다. 창구 직원들은 잔돈까지 다 맞추어야지 퇴근을 한답니다. 만약 잔돈이 맞지 않으면 퇴근을 못하지요. 1원까지 다 맞추어야 합니다. 이런 잔돈과 관련하여 어느 날 한 외국인이 환전을 하러 왔습니다. 그런데 잔돈이 있어서 제가 줄려고 했더니... 다음과 같은 표현을 사용했습니다.

Keep the change. 잔돈은 가지세요.

얼마냐고요? 30원이었습니다. 정말 잔돈이었습니다. 받고 싶지는 않았는데...그냥 가버리는 거예요. 아마 잔돈 들고 다니는 게 귀찮았나 봅니다. 잔돈 그래도 다 돈이지요...그것이 쌓이면 목돈이 됩니다. 사소한 것에도 가치가 있다는 걸 생각하는 하루가 됐으면 합니다.

142 일차: Speak out!

오늘의 간단한 영어 표현

침묵은 금이라고 했습니다. 그만치 말을 조심하라는 의미입니다. 말을 많이 하는 것보다 말을 많이 듣는 사람이 되라고 하는 말도 있답니다. 남의 말을 잘 경청해 주는 것도 큰 능력중의 하나이기도 합니다. 나이 드신 할머니들 대화를 보면 화자는 있는데 청자가 없습니다. 그냥 자식 자랑하느라 정신이 없는 대화가 전부입니다. 대화는 우리 일상생활에서 매우 중요한 정신 활동입니다. 남의 체면과 남이 어떻게 생각하는지에 대한 두려움 때문에 우리는 많은 부분을 이야기 하지 않고 살고 있습니다. 그러나 친구에게 꼭 필요한 이야기라면 그것이 설혹 친구에게 자그마한 아픔을 줄지라도 이야기 할 수 있는 용기가 필요하기도 합니다. 그럴 때 사용하는 표현입니다.

Speak out! 거리낌 없이 말해주세요.

친구가 무슨 말을 하려고 하는데 자꾸 주저할 때
그 친구에게 사용하는 표현...따라해 보세요.
크게...Speak out!

143 일차: We are in the same boat.

오늘의 간단한 영어 표현

친구란 비슷한 처지에 있는 사람입니다. 그러나 살다 보면 환경이 달라지기 되고 그러면 친구가 달라지기도 한답니다. 물론 진정한 친구는 변하지가 않지만요.
초등학교 때는 친구가 무척 많다가도 중학교 올라가면서 우리는 친구가 차츰 적어지기 시작해서 고등학교 때는 친구가 아니라 경쟁자가 되어버립니다. 그리고 대학을 가고...직장을 들어가고...친구지간에는 뭔가가 비슷한 면이 있어야 됩니다. 그런 같은 처지에 있는 친구끼리 할 수 있는 표현입니다

We are in the same boat.
우리는 같은 처지에 있어요..

동병상련이라고 합니다. 친구 사이를 말하는 것 같습니다. 비슷해야 말이 통합니다. 오늘 이렇게 말이 잘 통하는 친구랑 소주 한 잔 해 보시는 건 어떨까요?

144 일차: It's chilly.

오늘의 간단한 영어 표현

겨울이라 날씨가 매우 쌀쌀합니다. 특히 겨울은 건기라
불조심해야겠습니다. 누가 그러더라고요
겨울이 있어야 봄이 온다고...매일 즐겁고 아무 걱정
없으면 우울증 걸려서 자살한답니다.
약간의 스트레스와 고통도 삶의 활력소가 된다는
아이러니...그래서 사는 것을 아이러니라고 할 수가
있습니다. 요즘 같은 날씨에 사용하는 표현입니다.

It's chilly.
너무 차가운 날씨입니다.

감기조심하시고요.
옷을 두껍게 입고 사는 하루가 되었으면 합니다.
몸 관리는 본인이 하셔야 하지요
누가 해 주는 게 아닙니다.
여러분의 건강은 여러분 것만의 것이 아닙니다.
여러분을 바라보는 가족의 것입니다.

145 일차: I got lost.

오늘의 간단한 영어 표현

인생의 파고가 요즘 너무 높은 것 같습니다.
청년 실업의 심각성과 경제 파탄이 우리와 같은
서민들이 살기엔 너무 힘이 듭니다.
마치 밤안개 속을 걷는 것 같습니다.
이렇게 길을 잃었을 때 사용하는 표현입니다.

I got lost.
저는 길을 잃어버렸습니다.

찰흙 같은 어둠속에 또 다시 물안개가 피어오르면
정말 갈 데를 모릅니다. 아니 뒤돌아 갈 수도 없습니다.
우리가 길을 잃고 헤맬 때 우리가 정말 힘이 들 때 눈을
감고 마음을 진정시키고 생각한다면 무언가가 보이지 않
을까요? 내일은 오늘보다 더 나을 것이라는 희망을
가지고 살았으면 합니다.
사는 게 별거 있나요? 밥 세끼만 먹고 살면 됩니다.
그런데 그것도 참 힘든 것 같습니다.

146 일차: It's cool.

오늘의 간단한 영어 표현

삶의 한 가운데서 우리가 살면서 여러 상황에
접하게 됩니다.
다른 사람들과 대화를 하다보면 상대방의 의향에
대해서 물어보는 경우가 참 많습니다.
일상생활에서 많이 사용하는 표현입니다.
이거 어떠니?
라고 물어보면 젊은 사람들이 이렇게 표현합니다.

It's cool.
멋있네요.

괜찮아! 좋아! 라는 표현입니다.
마음에 들었을 때 사용하는 표현으로서
그냥 일반화가 되어 버린 표현입니다.
아마도 하루에 4~5번은 사용하는 것 같습니다.
조금 마음에 안 들어도 그냥 cool하게 이야기
하는 것 같습니다.
오늘도 쿨한 하루가 되었으면 합니다.

147 일차: I have never been better.

오늘의 간단한 영어 표현

시간에 대해서 이야기 하다 보면요.
그런 생각을 해 봅니다.
우린 항상 시간이 없었고 시간을 쫓아만
간다는 생각을 합니다.
삶을 지배하면서 살아야 하는데 삶에 치여서
산다는 느낌이 듭니다.
항상 피곤하고 지치고...그래서 좋은 날이
별로 없다고 합니다.
그래도 며칠은 갑자기 기분이 좋은 적이 있습니다.
몸도 상쾌하고 머리고 깨끗하고 그런 날에
사용하는 표현입니다.

I have never been better.
컨디션이 최고야.

비교급을 부정하는 것이 최상급이라는 거 아시죠?
직역하면 '더 이상 좋을 수가 없다' 라는 뜻입니다.
늘 이런 표현을 사용하면서 사는 삶을 꿈꾸어 봅니다.

148 일차: I have no time.

오늘의 간단한 영어 표현

나이를 먹으면 시간이 빨리 간다고 합니다. 그것은 직장인들한테 더 그런 거 같습니다. 월급날은 빨리 오지 않는데 시간을 잘 갑니다. 매일 반복되는 일상..그 일상이 점점 빨라지고 그렇게 10년이 가고 20년이 가는 것 갑습니다. 좀 더 여유 있는 생활을 해야 하는데...
무슨 돈은 쓸 데가 많은지...버는 돈은 제한이
되어 있고요. 시간도 그런 거 같습니다.
만날 사람은 많은데...시간은 없고 매일 야근에...배워야
할 것은 많고 경조사는 왜 그리 많은지
이런 바쁜 사람들이 늘 사용하는 표현입니다.

I have no time.
시간이 전혀 없어요.

시간이 없어도 1주일에 한 번은 친구랑 만나 보는 힐링의 시간이 필요한 것 같습니다. 시간 정말 빠릅니다. 그래도 친구를 위한 시간을 빼 놓은 오늘이 되었으면 합니다.

149 일차: I love it.

오늘의 간단한 영어 표현

남자들이 정말 하기 싫은 것 중의 하나가 쇼핑입니다. 그것도 백화점 쇼핑을 한다면 정말 죽음입니다. 여자분들은 백화점만 가면 눈에 생기가 돌고 전혀 힘이 들지 않는다고 합니다. 남자들은 연애할 때는 쇼핑을 같이 다닌답니다. 그러나 결혼하고 나면 쇼핑을 잘 다니지 않습니다. 그래도 특별한 날은 같이 쇼핑도 해 주는 센스가 필요합니다. 여자분이 남자에게 선물을 사 줄 경우에 남자들이 사용할 수 있는 표현입니다.

I love it.
내 마음에 들어요.

연애할 때는 무조건 맘에 든다고 하셔야 합니다. 왜냐고요? 옷을 사준다거나...뭘 사주면...그것은 그 여성분이 좋아하는 스타일이겠지요. 누구를 위하여 그 옷을 사겠습니까? 다른 여자를 위해서가 아니지요. 내 스타일이 아니라고 해도 그 여성분을 위해서 기꺼이 입어주고 하는 것이 여성분에 대한 배려이고 사랑입니다.

150 일차: I have no energy.

오늘의 간단한 영어 표현

겨울이라 자동차가 방전이 잘 됩니다.
추운 날씨에 차도 사람과 똑같이 많이 힘들어 합니다.
차량을 사람처럼 관리해 주어야 한다는 이야기입니다.
사람도 힘이 들면 충전을 해 주어야 합니다.
즉 휴식이 필요하다는 거지요.
그런데요.
사는 게 그런지라 쉴 틈이 잘 없답니다.
먹고 사는 게 정말 힘든 세상이 되어 버린 것 같습니다.
그래서 사람들은 이민을 생각합니다.
그렇지만 이민을 간다고 다 좋을까요? 아닙니다.
이민을 가면 더 힘들답니다.
한국에서 사는 것 보다 10배는 더 열심히 살아야 합니다.
그런데 왜 이민을 가냐고요?
그건 이민을 가면 힘들지만 외국은 직업에 대한
차별이 없다는 것입니다.

그리고 노동을 해도 그만한 대가를 충분히
받는다는 겁니다.
또한 자연환경이 좋습니다.
좌우지간 우리가 힘들 때 사용하는 표현입니다.

I have no energy.
전 힘이 없어요.

정말 그럴 때가 있습니다.
서 있을 힘도 없을 때가...
그래도 육체가 힘든 건 괜찮습니다.
정신이 힘이 드는 것이 가장 큰 문제입니다.

이런 분들에게 사용하는 표현입니다.

Cheer up!
힘을 내세요...

이건 지난번에 한 번 배운 거라 기억이 나시지요.

남자들은 에너지 충전을 작은 술(소주)로 하지요.
너무 많이 충전하면 더 위험하다는 걸 생각하는
하루가 되었으면 합니다. 뭐든지 넘치면 안 됩니다.

151 일차: Let it be!

오늘의 간단한 영어 표현

세상일이라는 것이 뜻대로 되는 것이 별로 없는 것 같습니다. 아무리 노력해도 안 되는 것이 있고 어떤 것은 너무 쉽게 되는 게 있습니다. 그렇다고 가만히 있으면 그건 더더욱 안 됩니다. 최소한의 노력을 하고 나서 결과를 기다려야 할 것 같습니다. 최선을 다한 후에 결과를 기다리는 그런 자세가 필요한 것 같습니다 그리고 그 다음은 순리대로 사는 겁니다. 무언가 시험을 보고 결과를 기다리는 누군가에게 사용하는 표현입니다.

Let it be! 순리대로 맡겨 두세요! 그냥 두세요!

여기서 let은 허락을 의미하는 사역동사이며 it은 목적어이고 be는 목적격 보어입니다. 직역하면 '그것을 있는 그대로 두게 해 주세요.'라는 의미입니다. 저는 운명론자입니다. 모든 것이 이미 결정이 되어 있다고 생각합니다. 그리고 단지 그 길을 걸어갈 뿐이라고...하지만 제가 할 수 있는 최선의 노력은 항상 다 하고 있습니다. 그리고 결과에 깨끗하게 승복합니다. 어차피 안 될 것 어떻게 하겠습니까? 그리고 절대로 후회하지 않는 것입니다.

152 일차: Keep it to yourself.

오늘의 간단한 영어 표현

누구에게나 감추고 싶은 뭔가가 있는 것 같습니다. 타인이 알아서 안 되는 비밀 같은 걸 말합니다. 남자의 과거라든가 여자의 과거라든가 하는 거 말고요. 요즘 드라마를 보면 나오는 비밀이 있지요. 출생의 비밀이지요...알고 보니 재벌가의 숨겨둔 아들이었다. 딸이었다. 그래서 나중에 성인이 되어서 알게 되고 아버지를 만나서 성공한다는 그런 내용이지요. 낮말은 새가 듣고 밤말은 쥐가 듣는다고 했습니다. 세상에는 오래가는 비밀은 없는 것 같습니다. 어차피 숨길 수 없다면 속 시원하게 말하는 것도 방법이겠지요. 그래도 당분간 숨기고 싶을 때 사용하는 표현입니다.

Keep it to yourself. 비밀로 해 주세요.

비밀도 너무 많으면 뭐가 비밀인지 모른답니다. 비밀은 몇 개 없어야 될 것 같습니다. 물론 머리가 좋다면 많은 비밀을 마음에 담아 두면 되겠지만요.

153 일차: Not bad.

오늘의 간단한 영어 표현

언어와 문화의 관계에 대해서 언젠가 말을 한 적이 있습니다. 언어를 배우기 전에 먼저 문화를 먼저 배워야 한다고요. 그래서 그 나라 사람의 문화 습관과 사고 방식을 안다면 훨씬 언어를 배우는데 수월하다고 생각합니다. 우리가 상점에서 물건에 대한 평가를 할 때요. 이거 어때? 라고 물을 때 다음과 같은 표현을 사용합니다.

Not bad.
나쁘지 않아요..

'괜찮다'라는 의미입니다. 그런데요 이 표현을 보면요. 나쁘지 않다는 것은 '좋다' 라는 표현이 아닐 수도 있습니다. 나쁘지는 않지만 그렇다고 좋지도 않을 때 우리가 사용하는 표현중의 하나입니다. 그냥 그저 그럴 때...그냥 뭐 나쁘지 않네...라고 하지요. 그렇지만 영어에서는 좋다. 라는 표현입니다. 어떨 때는 아주 좋다. 라는 의미도 될 수가 있답니다. 그래서 언어를 배우기 전에 그 나라 사람의 문화를 알아야 된다는 것입니다

154 일차: Pretty good.

오늘의 간단한 영어 표현

외국에 살다보면 느끼는 거지만요. 외국 사람들은 부정적인 말을 잘 안하는 경향이 있는 것 같습니다. 뭘 물어 보아도 대답은 '좋다'라는 표현을 많이 합니다. 그래서 어떻게 보면 it's good.이라는 표현은 그저 그럴 때 사용하는 것 같습니다. 좋으면 좀 더 과장되게 표현하는 것 같습니다. 그래서 영화나 드라마를 보면 흔히 나오는 표현입니다. 어떠냐? 라고 할 때 나오는 표현입니다.

Pretty good. 아주 좋아요.

100퍼센트 중에서 80퍼센트라고 생각하시면 됩니다. 동양 사람들은 좋아도 그저 그래 라고 표현하는 데 반면에 외국 애들은 좋으면 너무 좋다. 라고 표현을 합니다. 동양의 미덕은 겸손이라고 하지요. 반면에 외국 애들은 분명한 의사표현을 하고요. 남의 생각보다는 자신의 생각을 우선시 하는 경향이 뚜렷한 것 같습니다. 친구를 사귀려면 친구에 대한 이해가 필요하듯이 그 나라의 언어를 배우려면 그 나라의 문화에 대한 이해가 먼저라는 것을 염두에 두시길 바랍니다.

155 일차: Please relax.

오늘의 간단한 영어 표현

서울의 거리를 걷다보면 이런 생각을 해봅니다. 서울에는 바쁘지 않는 사람이 없는 것 같습니다. 이리 뛰고 저리 뛰고 눈에 보이지 않는 경쟁이 넘치는 거리입니다. 조금이나마 여유를 가지고 사는 사람은 보기가 힘듭니다. 무엇이 그리 바쁜지...밀치고 가고...사람에 대한 배려도 별로 보이지가 않습니다. 조금 여유를 갖는다고 해서 달라질게 없을 것 같습니다. 오늘도 시간에 쫓기는 친구에게 하고 싶은 표현입니다.

Please relax.
제발 느긋하세요.

그래서요 남자들이 퇴직하고 나면 우울하다고 합니다. 그토록 치열하게 살다가 여유가 생겼는데 괜히 뭔가를 안 하기 때문에 불안하다고 합니다. 평생 그렇게 살아왔기 때문입니다. 나만의 시간을 가져보는 여유가 있었으면 합니다. 인생 한 번 사는 건데...좀 더 뒤돌아보고 이웃도 살필 줄 아는 그런 생활이 필요하다는 생각이 듭니다.

156 일차: That's hard to say.

오늘의 간단한 영어 표현

언행일치라고 하지요. 말과 행동이 일치해야 한다고요.
사람들을 보면 말을 쉽게 하면서 행동을 안 하는 사람들
이 많은 것 같습니다. 그런데요. 그런 말도 하지 않는 사람도 많습니다. 아무리 쉬운 말이라도 그런 말은 그냥 나
오는 게 아닙니다. 그래도 생각을 한 끝에 나오는 것이라
생각합니다. 그런데 어떤 표현들은 말하기도 쉽지가 않습
니다. 사랑하는 사람에게 고백한다든가 누군가의 비밀을
이야기 한다든가 그런 거요.
그럴 때 사용하는 표현입니다.

That's hard to say.
말하기가 곤란합니다.

말하기가 힘들 때는 피하는 게 상책입니다. 말하기 힘들
때 우리는 묵비권을 행사해도 되겠습니다. 말이라는 게
아예 말 하지 않는 것이 나을 때가 많습니다.
침묵이 금이랍니다.

157 일차: That's enough.

오늘의 간단한 영어 표현

이제 얼마 있으면 명절이 됩니다. 명절 날 총각과 처녀들이 가장 듣기 싫은 말이 언제 장가가느냐? 언제 시집가느냐? 취직은 했느냐? 라는 거랍니다. 요즘의 세태를 말하는 것 같습니다. 취직도 안 되고 그래서 결혼은 생각도 못합니다. 정말 경제가 안 좋은 것 같습니다. 경제라는 게 항상 안 좋을 수는 없는 것 같습니다. 언젠가 좋아지는 날을 위하여 준비하는 자세가 필요할 것 같습니다. 그래서 어른들이 청년들에게 잔소리를 합니다. 아무리 좋은 말도 많이 들으면 잔소리라고 합니다. 그래도 또 잔소리를 하는 어른들에게 조심스럽게 사용하는 표현입니다.

That's enough.
이제 됐어요.

어른들이 계속 잔소리를 하는 이유는 이런 것 같습니다. 잔소리를 해도 뭐 나아진 게 없으면 계속 잔소리를 하게 됩니다. 뭘 말하면 바로바로 시정이 된다면 무슨 잔소리를 하겠습니까? 그러나 말이 쉽지요.

158 일차: Stay longer.

오늘의 간단한 영어 표현

인간은 사회적 동물이라고 합니다. 결코 혼자서 살 수가 없는 것 같습니다. 인간이 이렇게 진화할 수 있는 이유도 인간이 집단 생활을 했기 때문이라고 합니다. 사실 인간은 털도 없고 그렇게 강인한 이빨과 발톱이 없는 존재입니다. 그런데 이와 같이 만물의 영장이 된 것은 사회 생활을 했기 때문입니다. 사회 속에서 누군가를 만나면 좋기도 하고 나쁘기도 합니다. 특히 친구를 만나면 항상 기분이 좋을 수밖에 없습니다. 그런 친구와 이런 저런 이야기를 주고받다가 보면 시간이 흘러가고 헤어질 시간이 다가옵니다. 그럴 때 사용하는 표현입니다.

Stay longer. 좀 더 계세요.

그 조그만 시간이 연장이 되어도 결국 헤어지게 되지만 우리 만남이라는 게 항상 내일이 주어지는 것이 아닙니다. 다음에 만나자! 라는 말이 그 다음 만남까지 10년이 걸릴 수도 있는 것이고 마지막일 수도 있습니다. 누군가를 만나면 항상 마지막이다. 라는 생각을 하면서 후회 없는 만남을 가졌으면 합니다.

159 일차: Stick with it.

오늘의 간단한 영어 표현

세상엔 쉬운 일이 없다고 합니다. 이제 넘어가나 싶으면
또 산이 보이고 그 산을 넘으면 또 산이 있고 그래도 산에
올라가면 힘이 들지만 뭔가 뿌듯한 마음은 감출수가 없습
니다. 그래서 산을 사람들이 올라 가는 것 같습니다. 산이
아무리 높아도 하늘 아래 있다는 옛 선인들의 말씀에 귀
담을 필요가 있다고 생각합니다. 남들도 하는데 왜 나라
고 못 해 하는 그러한 마음이 항상 필요한 것 같습니다.
힘들고 어려워도 계속 하면 뭔가가 된다는 믿음이 필요한
것같습니다. 그런 사람들을 위한 표현입니다.

Stick with it.
포기하지 말고 계속하세요. 고수하세요.

직장에서도 성공한 사람들을 보면 능력이 뛰어나서가 아
닙니다. 아부를 잘 해서도 아니고요. 단지 오랫동안 묵묵
히 일을 했기 때문입니다. 그래서 엉덩이가 무거운 사람
이 사장을 한다고 하네요.
여러분의 엉덩이는 무거우신가요?

160 일차: Knock it off!

오늘의 간단한 영어 표현

세상에는 좋은 것과 나쁜 것이 있다고 했습니다. 물론 세상을 이분법적으로 보는 건 바람직하지 않다고 생각하는데요. 그래도 군이 나누자면 그렇다는 것이지요. 사실 이것도 저것도 아닌 것도 참 힘듭니다. 예스를 하든지 아니면 노를 하든지 해야 할 것 같습니다. 상대방이 나에게 좋지 않는 것을 강요할 때 사용하는 표현입니다.

Knock it off!
그만 두세요

무조건 예스만 하는 예스맨이 직장에서는 이상적일 수 있습니다. 어차피 노 해봤자 돌아오는 건 좋은 것이 없으니까요. 우선은 예스로 하고, 해보고 난 후 안 되면 노라고 조용히 말해 보는 것이 어떨까요? 먼저 노라고 한다면 그건 성의가 부족한 것 같습니다. 되든 안 되든 예스하고 해보고 나서 아닌 데요 라는 융통성이 필요한 시대에 우리가 살고 있는 게 아닐까 하는 생각을 해 봅니다.

161 일차: It is time for lunch.

오늘의 간단한 영어 표현

하루 중 가장 좋은 시간은 먹는 시간이라는 생각이 듭니다. 살기 위하여 먹느냐? 먹기 위하여 사느냐? 라고 하는데요. 다 먹고 살려고 하는 것 아닐까요.
그래서 공부하고 돈도 벌고 그런 거라는 생각을 합니다.
하루에 세끼를 먹지요.
요즘 삼시 세끼라는 프로가 인기가 있고 먹방이니
하는 것들이 또한 유행어로 자리 잡고 있습니다.
그렇게 우리가 사는 데 있어서 먹는 것은 큰 비중을
차지하는 것 같습니다.
직장에서 가장 기다려지는 시간은 점심시간입니다. 점심
시간에는 잠깐 친구를 만날 수도 있고 또한 휴식시간이기
도 합니다.
그리고 그 점심시간에 무얼 먹을까 하는 행복한 고민도
해보고요.
그렇게 12시가 되었을 때 사용하는 표현입니다..

It is time for lunch.
점심시간입니다.

직장에서 상사가 동태찌게를 좋아하면 거의 매일
동태찌게를 먹는다고 합니다. 직장 생활 잘 하려면
여러 가지 것을 잘 먹어야 합니다.
물론 남자들은 처가댁을 가면 특히나 잘
먹어줘야 합니다.
장모님이 차려준 음식 약간 간이 안 맞아도
맛있게 먹어줘야 장모님의 사랑(?)을 받는답니다.
오늘 점심시간에는 무엇을 먹을 생각이신가요?

162 일차: It's never too late.

오늘의 간단한 영어 표현

우리가 어렸을 땐 참 꿈이 많았습니다. 그러나 나이를 먹으면 먹을수록 현실과 타협을 하게 되는 본인의 모습을 보게 됩니다. 철없는 이상에서 차가운 현실의 본 모습을 보게 되는 것입니다. 너무나 이상에 사로 잡히는 것도 문제이지만 현실에 너무 순응하는 것도 문제라고 생각합니다. 남들 하는 거 누구나 할 수 있는 건 아닙니다. 하지만 낙수가 바위를 뚫듯이 오랜 시간 한다면 할 수 있는 것도 많습니다. 세상은 너무 포기하고 살기에는 긴 시간을 산답니다. 우리 옆에 꿈을 가졌었던 친구에게 사용하는 표현입니다.

It's never too late. 너무 늦지 않았어...

늦었다고 할 때가 가장 빠른 시기라고 합니다. 여러분도 어렸을 때 하고 싶었던 꿈들을 하나 둘씩 찾아서 해 보는 건 어떨까요? 그래도 되든 안 되든 한 번 해 보는 것이 좋을 것 같습니다. 그래야 후회가 없지요. 후회 없는 인생을 사는 우리가 되었으면 합니다.

163 일차: There is nothing new.

오늘의 간단한 영어 표현

나이를 먹으면 먹을수록 시간은 더 빨리 간다고 합니다. 흘러가는 시간은 막을 수가 없지만 그 시간 속에서 뭔가 의미를 찾으면서 지내는 게 좋지 않을까 하는 생각을 해 봅니다. 산다는 게 뭐 별거 없더라고요. 다 똑같은 인생 다를 게 없습니다. 돈이 조금 더 있고 없고의 차이점... 그런 게 아닐까 하는 생각을 해 봅니다. 늘 똑같은 일상 그런 가운데 누군가에게 사용하는 표현입니다.

There is nothing new.
뭐 새로운 것은 없네요.

새로운 것이 없기에 세상은 빨리 가는 것 같습니다. 그리고 나이를 먹으면 새로운 것을 싫어합니다. 그래서 보수적이게 됩니다. 그리고 개혁이니 진보니 하는 걸 생각하면...이런 생각을 합니다. 그런다고 뭐가 달라지나? 그래도 오늘은 뭔가 새로운 것을 찾아서 즐겨보는 하루가 되었으면 합니다.

164 일차: Poor thing!

오늘의 간단한 영어 표현

어렸을 때 해마다 여름이면 동네에 있는 개들이 사람들을 피해 다녔습니다. 특히 아저씨들...몰려다니면서 주인 없이 서성이는 개를 끌어다가 산에 올라가서 불을 피우고 몽둥이로...그런 시절이 지나 지금은 그 때 그 시절로 돌아가서 그런 행동을 했다가는 큰 일 나지요. 이젠 지나가는 개를 발로 차도 안 됩니다. 그런데요, 개들도 나이를 먹으면 사람처럼 똑같이 병에 걸리고 힘들어 합니다. 그럼 주인은 병원비가 많이 든다고 버리는 일이 발생합니다. 그런 개들이 길가에서 애처롭게 있는 걸 볼 때 사용하는 표현입니다.

Poor thing! 가여워라!

책임지지 않을 바에는 키우지나 말지...귀여울 땐 키우다가 아프면 버리는 그런 무책임한 행동은 안 했으면 합니다. 저는 개나 고양이를 키우지 않습니다. 물론 돈이 많이 들어서이기도 하지만 사랑을 주었던 짐승이 먼저 죽을 때 느끼는 그 슬픔을 감당하기 어렵기 때문입니다. 오늘 이렇게 불쌍한 동물들이 없는 세상을 꿈꾸어 봅니다

165 일차: So what?

오늘의 간단한 영어 표현

사회적 동물인 인간은 누군가와 만나면 대화를 하곤 합니다. 이런 저런 이야기를 하는 가운데서 가족들 이야기를 많이 합니다.

옛날에 선비들은 누군가를 만나면 집안 자랑을 했다고 합니다. 몇 대조 조상은 영의정을 했다든가 판서를 했다는 등 하면서요.

그런데 자기에 대한 이야기는 하지를 않습니다.

자고로 조상이야기...집안 이야기 하는 사람치고 본인은 그다지 별 볼 일 없는 사람이 많답니다.

벼는 익을수록 고개를 숙인다고 했습니다.

학문도 그렇습니다. 배우면 배울수록 어려운 게 학문입니다. 쉽다고 하는 사람치고 제대로 된 사람은 없습니다.

그래서 친구일수록 더더욱 예의를 차려야 하고 존중해야 합니다.

가까울수록 사소한 말장난에 커다란 화를
불러일으킬 수가 있습니다.
특히 설날이나 추석에 만나는 친척들...
괜한 사소한 말에 기분도 상하기가 일수입니다.

그래도 누군가가 쉰 소리를 할 때 사용하는 표현입니다.

So what?
그래서 뭘?

강력사건의 경우 가해자가 면식범인 경우가 80퍼센트라
고 합니다. 그 만큼 가까운 사람에게 더더욱 주의를 하라
는 것입니다.
아시죠?
차량과 차량사이에는 항상 거리 유지가 필요하다는걸...
부부사이에도 엄격히 선이 있습니다.
오늘 한 번 그어 보시는 게 어떨까요.
우리 부부는 그럴 필요가 없다고요?
네...

166 일차: Keep it confidential.

오늘의 간단한 영어 표현

누구나 한 가지씩 고민이 있듯이 또한 한 가지씩 비밀이 있는 것 같습니다. 비밀 없는 남자, 비밀 없는 여자가 어디 있겠습니까? 무엇이 비밀인지는 모르겠지만 남에게 말하고 싶지 않은 것들이겠지요. 과거에 만났던 남자라든가 여자라든가 그런 것 아닐까요? 연인에게 과거의 남자나 여자에 대해서 이야기 하는 것은 달갑지 않은 행동입니다. 결코 그런 이야기를 듣고 좋아할 사람은 없으니까요. 마치 자랑인양 말하는 사람 보면 좀 걱정이 됩니다. 누군가에게 사적인 이야기를 해 놓고 비밀이라고 말하는 사람 보면 도대체 그 사람에게 그것이 진정 비밀인지가 의문이 듭니다. 좌우지간 누군가에게 비밀스러운 이야기를 할 때 사용하는 표현입니다.

Keep it confidential. 비밀로 해 주세요.

너무 비밀이 많으면 비밀로서 가치가 없답니다. 자기가 기억 못하는 비밀은 비밀이 아닙니다. 그래도 뭔가 감추는 것이 있어야 뭐 신비스럽게도 보이는 가 봅니다. 오늘 비밀 하나 만들어 보는 것은 어떨까요?

167 일차: Look who's talking.

오늘의 간단한 영어 표현

사회 생활하면서 사람들을 상대하다 보면 말과 행동이 따로 노는 사람이 의외로 많습니다. 그리고 자기가 하는 행동이 뭐가 잘못 되어 있는지를 모르는 사람도 많습니다. 물론 이렇게 말하는 저도 그런지 모르겠습니다. 자기도 잘못하고 있으면서 남을 비난하는 사람들에게 하는 사용하는 표현입니다.

Look who's talking. 사돈 남 말 하네.

물론 여러분들은 안 그러하리라고 믿고 싶습니다. 제 방에는 커다란 거울이 있습니다. 매일 매시간 저는 자아 성찰을 한답니다. 거울을 보면서 제가 뭘 잘 못하고 있나...그리고 무엇이 잘 되었나를 생각을 해봅니다. 곰곰이 생각해보면 잘한 일보다 잘못한 일이 더 많다는 것을 느낍니다. 그래서 매일 반성하지만 나아지는 건 별로 없는 것 같습니다. 왜냐고요. 그건 아직 제가 사람이기 때문입니다. 욕심이 가득하고 아직 마음을 비우지 못한 평범한 사람인게지요. 여러분들은 안 그렇지요? 모두 다 현명한 사람이라고 믿습니다.

168 일차: Let's call it a day.

오늘의 간단한 영어 표현

직장인들에게 있어서 한 달 중 제일 좋은 날은 물론 월급날입니다. 그럼 하루 중 제일 좋은 시간은 무엇일까요? 점심시간이요? 아닙니다 퇴근시간입니다. 그런데 퇴근시간은 몇 시이지요? 그건 아마도 상사가 문을 열고 나가는 시간입니다. 위에 상사가 퇴근해야지 퇴근입니다. 먼저 나가면 뒷감당하기 힘듭니다. 그래서 가장 안 좋은 상사는 기러기 아빠라고 합니다. 집에 가 봤자 아무도 없으니 일에 파묻혀 사는 상사...참 힘든 직장 생활입니다. 퇴근 후에 소주 한잔이 하루의 피로를 모두 잊게 하는데요.
퇴근할 때 사용하는 표현입니다.

Let's call it a day.
오늘은 이것으로 그만합시다. 퇴근합시다.

직역하면 '그것을 하루라고 부르자'는 것입니다. 여기서 말하는 it은 하루의 업무량을 뜻한다고 보시면 됩니다.

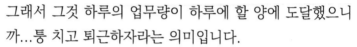

그래서 그것 하루의 업무량이 하루에 할 양에 도달했으니까...통 치고 퇴근하자라는 의미입니다.

그런데요 사실 하루의 업무량이라는 게 딱히 정해진 게 없습니다. 왜냐고요? 매일 업무는 넘치면 넘쳤지...

모자라지는 않으니까요.

그래도 일이 없으면 불안합니다.

왜냐고요?

그건 회사가 어렵다는 것이고 그렇다면 당연히

인원 조정이 불가피하다는 것이니까요.

오늘 주어진 일이 많다는 것은 회사가 잘 돌아간다는

의미입니다.

두 손 들어 환영하는 하루가 되었으면 합니다.

169 일차: Keep an eye on it.

오늘의 간단한 영어 표현

어느 조직에서나 문제를 일으키는 사람은 항상 있는 것
같습니다. 어떻게 보면 재미있는 사람인데 또 이렇게 보
면 참 문제가 많은 사람이구나 하는 생각을 가지게 됩니
다. 그런데요...그 문제를 가진 사람이 없어진다고 해서
그 조직에 문제를 가진 사람이 없어지는 게 아닙니다. 누
군가가 또 문제를 가지게 되더라고요. 무엇이 문제인지는
모르겠습니다. 그런 문제아에 대하여 상관들이
이런 표현을 사용합니다.

Keep an eye on it.
잘 감시해.

눈이 두개인데 하나로 집중하라는 이야기인가 봅니다. 집
중하고 감시하라는 의미겠지요. 혹시 여러분들이 감시당
하는 건 아닌가요. 특히 남자들은 술을 마시고 집에 들어
가면 혹시 옷에 뭐가 묻었나? 잘 보시고 들어가시길 바랍
니다. 왜냐고요? 잘 아시면서...
여러분은 항상 감시를 당하고 있다는 걸 명심하세요.

170 일차: Look who's here!

오늘의 간단한 영어 표현

세상이 넓은 것 같지만 좁다 라는 생각을 많이 해 봅니다.
대학 졸업하고 한 번도 보지 못한 친구를 서울도 아닌
외국에서 본다면 저절로 그런 생각을 합니다.
그래서 인연이라는 게 있구나! 하는 생각을 해 봅니다.
우연히 길을 가다가 친구를 우연치 않게 볼 때
사용하는 표현입니다.

Look who's here!
이게 누구야!

일부러 시간 내서 만나기 힘든 사람을 길에서
그것도 10년 만에 만난다면 정말 기분이 좋을 겁니다.
그런데요. 친한 친구를 만나면 좋은데...
별로 만나고 싶지 않은 친구를 우연히 길에서
만난다면 어떨까요? 그건 생각조차 하기 싫습니다.
그래도 그럴 때는 어떻게 할까요?
오늘 그것을 고민하는 하루가 되었으면 합니다.

171 일차: Many thanks.

오늘의 간단한 영어 표현

외국에 살다보면 정말 많이 쓰는 표현이 있습니다
그건요? '감사합니다'와 '미안합니다' 일 것입니다.
사소한 것에도 감사하다와 미안하다가 입에
붙어버립니다. 그런데 정말 마음속에서 감사가
밀려올 때는 어떻게 할까요?

그럴 때 사용하는 표현입니다...

Many thanks.
많이 감사해요.

물론 여러 가지 다른 표현도 많지만요.
간단하게 일반적인 thank you보다 좀 더 감사의
표현을 하고 싶을 때 사용하시면 될 것 같습니다.
감사하는 마음을 많이 가져야만 감사하는 일이
많이 생긴다는 것을 생각하며 오늘부터
열심히 사용하시기 바랍니다.

172 일차: I doubt it.

오늘의 간단한 영어 표현

우리나라도 점점 기존의 전통적인 가족중심의 사회에서
개인이 중요한 사회로 바뀌어가는 것 같습니다.
사회 속에서 개인이 혼자 할 수 있는 일은 그리 많지가 않
습니다. 누군가의 도움이 필요하고 누군가의 격려도
필요합니다. 가족 중심의 전통 사회에서는 일가 친척들이
발을 벗고 도와주었지만 현대 사회에서는 가족이라는
개념은 도와주기 보다는 경쟁하는 존재가 된 것
같습니다.
그래서 사촌이 땅을 사면 배가 아프다든가...하는 말들이
생긴 것 같습니다.
그래도 피가 물보다 진하다고 하는데...
사회 생활하다보면 말을 아주 잘 하는 사람이 많습니다.
그런 사람들은 자기가 말을 잘 하는 걸 알고 있고 누구든
지 자기가 하는 말에 끌린다고 믿습니다.
그래서 말을 가리지 않고 하는 경우가 더러 있습니다.

책임지지 못하는 말들을 그냥 하는 걸 볼 수가 있습니다.
너무 말 잘하는 사람이 무슨 말을 하면 다 곧이 곧대로
믿어집니다.
그럴 때 일수록 한 번 더 생각을 해 보고 결정을 해야
할 것 같습니다.
그런 사람들이 무슨 말을 할 때 사용하는 표현입니다.

I doubt it.
의심이 갑니다.

의심이라기보다는 확인이라는 생각으로 뭔가를
결정해야 할 것 같습니다.
물론 사람을 항상 믿고 살아야겠지만 사람이 사는 게
그게 아니라는 걸 우리는 너무 잘 알고 있습니다.
그래도 정직이 최선의 방책이라는 말이 있습니다.
거짓말은 거짓말을 낳기에 결국엔 종잡을 수가
없으니까요.
모든지 마음이 편한 게 최고랍니다.
항상 믿고 사는 사회를 꿈꾸며...

173 일차: It is painful for me.

오늘의 간단한 영어 표현

동물들과 달리 인간은 의사소통을 할 수가 있기에 이만큼 발달할 수 있었다고 합니다. 그러나 의사소통 하는 가운데에서 우리는 재미있어 하기도 때론 화나기도 합니다. 그것은 공감하면 재미있지만 반감하면 꽤히 짜증이 나기 때문입니다. 남의 입장에서 우리는 생각을 해야 하지만 그것이 말 그대로 쉬운 게 아니기 때문입니다. 상대방의 입장을 잘 모르기에 우리는 무슨 말을 할지 상대방과 대화를 통해서 상대방의 분위기를 보면서 이야기해야 합니다. 그런데 상대방이 나의 입장을 모르고 이야기 할 경우에 그 이야기가 나에게 아쉬움을 줄 경우에 하는 표현입니다.

It is painful for me. 나에게는 그것은 아픈 일이야.

누구에게나 아픔은 있습니다. 그러나 그것을 어떻게 현명하게 해결해 나가야 하는 것이 더 중요한 것 같습니다. 아픈 만큼 성숙해진다고 합니다. 하지만 아픔이 없이 매일 행복할 수 있다면 그것은 더 이상 바랄 게 없을 것 같습니다. 이 세상 모든 사람들이 행복 하는 날을 꿈꿔봅니다.

174 일차: Is that all?

오늘의 간단한 영어 표현

인생에 있어서 사랑이라는 것은 매우 중요하다고 생각합니다. 사랑 없는 연인 관계도 없을 것이고 사랑 없는 부모와 자식과의 관계도 없을 것입니다. 젊은 연인들이 특별한 날이면 선물을 주고 받곤 합니다. 특히 결혼하기 전에는 남자들이 여성들에게 많은 선물을 하곤 합니다. 그런데요. 아주 특별한 날 남자친구가 선물을 하는데 여성이 생각하는 것만큼 많이 준비를 안 해 왔을 때 그 때 여성이 사용하는 표현입니다.

Is that all? 그게 전부인가요?

여성이 바라는 것은 이건데...남자가 모르는 경우가 많습니다. 뭔가 잔뜩 기대를 했는데 남자가 그걸 모르고 있는 경우...그런데요, 남자들은 단순해서 가르쳐주지 않으면 잘 모릅니다. 여성들처럼 한 번에 여러 가지 생각을 못합니다. 그래서 남자들이 국어를 잘 못합니다. 여성들이 위와 같은 표현을 할 때 남자들은 고민해야 합니다. 그리고 찾아야 합니다. 그것이 사랑을 쟁취하기 위한 남자의 숙명이라 생각합니다.

175 일차: Nice talking to you.

오늘의 간단한 영어 표현

사람은 혼자서 살 수가 없는 것 같습니다.
혼자서 살면 너무 외로워서 죽을 것 같을 겁니다.
그래서 로빈슨 크로스가 섬에서 혼자 산 것이
대단하다는 생각을 해 봅니다.
말을 까먹지 않기 위하야 앵무새와 이야기 하는
대목에서 대학교 때 같은 학과를 다니던 일본인 누나가
생각이 납니다.
어렸을 때 교통사고로 한 쪽 팔이 장애가 있던
그 누나는 한국에 유학을 왔습니다.
그래서 한국말을 너무 잘 했습니다.
대학 졸업 후 일본으로 돌아가서 채권은행을
들어간 그 누나가 1년 후에 한국에 왔습니다.
식당에서 같이 밥을 먹으면서 이야기를 하는데
그렇게 잘 하던 한국말을 잘 못하는 것입니다.
1년 동안 거의 한국말을 할 기회가 없었다고 했습니다.
그래서 알게 된 것은 어학이라는 것은 계속
꾸준히 해야 한다는 사실이었습니다.

그렇지만 오랜만에 만난 그 누나랑 대화는
너무 즐거웠습니다.

그럴 때 사용하는 표현입니다.

Nice talking to you.
같이 이야기 나눠서 즐거웠습니다.

지금은 어디서 무엇을 하고 있는지는 모르겠지만
잘 살고 있을 거라는 생각을 해 봅니다.
중국 드라마에서 어느 70대 노인이 이런 이야기를
하더군요.
눈 깜짝할 사이에 나이가 70이 되었다고...
그렇습니다. 시간은 금방 갑니다.
정말 짧은 시간... 좋은 친구랑 좋은 이야기를 하면서
좋은 만남을 가지는 시간을 많이 가졌으면 하는
바람을 해 봅니다.

176 일차: Once in a blue moon.

오늘의 간단한 영어 표현

대학을 졸업한 이후 직장에 들어간 이래로 영화를
본 적이 거의 없다는 생각을 해봅니다.
대학교 때는 돈이 없어도 영화를 어쩌다 1편씩
보곤 했습니다.
요즘은 거의 보지를 않습니다. 그리고 또한 인터넷에서
영화를 거저 볼 수가 있기 때문에 그런지도 모르겠습니
다. 친구 만나는 것도 뜸합니다. 뭐 바쁜 것도 없는데
말입니다.
이렇게 무언가를 거의 하지 않는 다는 표현입니다.

Once in a blue moon.
아주 가끔요.

호주에서 올림픽 했을 때 호주에 간 적이 있습니다.
물론 올림픽을 보려고 간 것은 아니었습니다.
정확히 말하면 올림픽 하기 전 1달 전에 갔습니다.
지하철도 새로 뚫려서 올림픽 경기장까지 갔습니다.

큰 가방 하나 밀고 또 큰 가방 메고 들린 시드니에서
숙소에 가방을 풀고 영화를 보러 갔습니다.
그리고 재미 있어 보이는 영화를 보러 들어갔습니다.
영화관에는 얼마 안 되는 사람들 남자들만 있었습니다.
그래서 별 생각 없이 영화를 보았는데 너무 야한
장면이 나왔습니다. 순간 당혹스러워서 어쩔 줄을
몰라했습니다.
그래서 다 보지 못하고 나왔는데 알고 보니 야한
영화 전문관이었습니다.
나와서 생각해보니 돈도 아까웠고 잘 보고 들어갈 걸
하는 후회도 밀려왔습니다.
한국 생각해서 그냥 들어가 보았는데 외국에선 일반 영화
관에서도 야한 영화를 틀어주는 걸 보고 무척 놀랍고
당황스러웠습니다.
그런데 아직까지 아쉬움이 남는 이유는 뭘까요?
돈이 아까워서 일까요?
아니면?

177 일차: You can say that again.

오늘의 간단한 영어 표현

내가 말을 많이 하는 것보다 남의 말을 많이 들으라고
합니다. 남의 생각을 듣는 것은 마치 책을 읽는 것과
같다고 합니다.
조그만 아이에게 조차도 배울 점이 있다는데요.
자기 의견만 이야기를 할 게 아니라 남의 의견을
경청하는 자세가 매우 중요하다고 생각합니다.
자기만의 생각이 무조건 옳다고 하는 생각은
큰 잘못을 만들 수가 있습니다.
사람들은 나이가 먹으면 고집이 세집니다.
그것은 이미 자신이 많은 것을 경험했고 많은 것을
배웠다고 생각하기 때문입니다.
뉴질랜드에서 먼저 이민 온 사람들은 마치 자기가
모든 것을 아는 것처럼 이야기합니다.
군대와 똑같이 이민 몇 년차인 거에 대한
자부심과 긍지를 가지고 있답니다.

그리고 많은 것을 아는 척합니다. 그러나 먼저
이민 왔다고 해서 아는 건 별로 없습니다.
그냥 밥 몇 그릇 더 먹었다는 것밖에 차이가 없습니다.
벼는 익을수록 고개가 숙여진다고 했습니다.
모든 일은 입이 하는 것이 아니라 행동으로 하는
것입니다. 누군가가 자기 생각을 이야기할 때
그 생각에 동감하는 표현입니다.

You can say that again.
당신 의견에 동의합니다.

역지사지라 했습니다. 남의 입장에서 자기를 본다면
무엇이 옳은지 무엇이 부족한지가 보인답니다.
그리고 그 사람 입장도 이해가 되고요.
남을 배려하는 마음이 많이 부족한 시대에 살고 있습니
다. 자기 생각만 옳다고 하는 사람이 너무 많은 시대입니
다. 그럴수록 다른 사람 의견과 생각을 동감하는
마음이 필요할 것입니다.

178 일차: Take a guess.

오늘의 간단한 영어 표현

선물은 받는 것보다 주는 것이 더 행복하다고 합니다.
받을 땐 나만 행복하나 줄 땐 나도 행복하니까요.
무언지 모르는 선물을 받을 때는 항상 호기심이
가슴을 두근거리게 합니다.
무엇일까 하는 생각에 뚜껑을 열어봅니다.
그것이 내가 바라는 선물이라면 그 즐거움은 배가
되겠지요.
하지만 기대했던 선물이 아니라면 약간의 실망감도
들어가겠지요.
그런데요...가격이 비싼 선물이라면 모든 것이
용서가 됩니다.
가격에 비례해서 즐거움도 비례가 됩니다.
그렇지만 가격보다도 정성이 깃드는 선물보다는 못하겠
지요. 누구에게 선물을 해주면서 하는 표현입니다..

Take a guess.
알아 맞혀 보세요?

여성들은 큰 선물보다는 자그마한 선물을 좋아합니다.
왜냐고요? 자그마한 크기의 선물이 고가일 가능성이
높으니까요. 정성이라고 해서 천 마리 학을 접어준다거나
하면 좋아할까요?
정성이라고 해서 손으로 뜬 옷을 선물해주면 좋을까요?
저는 천 마리 학도 못 받아보고 손으로 짠 옷도 못 받아봐
서 모르겠습니다. 그래도 뭐니 뭐니해도 돈이 최고가
아닌가 하는 생각을 해 봅니다?
그건 정성이 없다고요.여기서 가장 중요한 것은
상대방이 무얼 원하는지 알아야 한다는 것입니다.
상대방이 원하는 바로 그 선물을 해주는 지혜가
필요하다고 생각합니다.

179 일차: That's a steal.

오늘의 간단한 영어 표현

장사하는 사람들의 말은 거짓말이라고 합니다. 싸다고 해서 샀더니 다른 가게에서 더 싸기도 하고 밑지는 거라고 하면 그런 거 같지가 않고...
그런데요. 대학교 때 회계를 배운 적이 있습니다.
원가에 대해서 배웠습니다. 보통 사람들이 생각하는
원가란 물건을 구입한 가격으로 아는데요. 아닙니다.
원가란 내가 구입한 가격에 경비를 포함한 가격입니다.
거기다 인건비등과 수익률을 포함해서 가격이 나오는 겁니다. 그런데 사람들은 얼마에 구입 했냐? 를 중요시 여깁니다. 거기에 들어간 시간과 노력은 포함 안 시키려고 합니다. 다 먹고 살려고 하는 건데요. 어느 정도 합리적인 가격을 제시하는 게 좋지 않을 까 생각합니다. 그래서요 오늘은 장사하는 사람들이 사용하는 표현입니다.

That's a steal.
거저 가져가는 셈이지요. 쌉니다.

맞습니다.

거저라는 것은 훔쳐가는 거랑 같은 겁니다.

그 만큼 싸다는 것입니다.

장사와 사업에 대해서 말하는 내용이 생각이 납니다.

장사는 결코 밑져서 안파는 것이고 사업은 밑져도
파는 것이라고...

그렇습니다. 밑지더라도 더 떨어질 것 같으면 파는
지혜가 필요하다고 생각합니다.

되는 건 되고 안 되는 건 안 됩니다.

안 되는 것에 목을 매달고 살지 않은 오늘이
되었으면 합니다.

180 일차: Up to here.

오늘의 간단한 영어 표현

모든 살아가는 생물은 감정이 있습니다. 인간도 감정의 동물이라 슬플 땐 울고 기쁠 땐 웃습니다. 하지만 어느 때는 슬퍼도 기쁜 척 해야 하고 기뻐도 슬픈 척 해야 하는 사회에 살고 있습니다. 모든지 단순하게 사는 게 좋지만 사회가 그렇게 놔두지 않는 것 같습니다. 누군가가 여러분을 힘들게 할 때 화를 내기 보다는 간단한 제츠처로 여러분의 마음을 보여주세요.
그러한 표현입니다.
손을 머리 쪽으로 올리시고 사용하는 표현입니다.

Up to here.
폭발 일보 직전이거든

여러분의 분노 게이지를 보여주는 것입니다.
그래도 상대방이 이해를 못한다고요. 그러면 조용히 나지막하게 이야기 해주세요.나 지금 화났거든...이라고...

하지만요. 화를 내면 일이 더 힘들어지는 경우가 많습니다. 내가 화를 내면, 속은 시원하겠지만 뒷감당은 어떻게 해야 할까요? 화를 내는 것보다 문제 해결을 위해서 참는 지혜도 필요한 것 같습니다. 상처는 아물려면 무척 간지럽습니다. 그 때 긁으면 상처가 덧난다는 것을 명심하는 하루가 되었으면 합니다.

181 일차: What did you say?

오늘의 간단한 영어 표현

뉴질랜드에서 아이들 영어를 가르쳤습니다. 미국 대학을 가고자 하는 학생들에게 SAT를 가르쳤는데요. 중3학생이 있었습니다. 그는 공부를 그렇게 잘 하지는 못했어도 영어는 아주 잘 했습니다. 어느 날 그 학생이 학교를 가는데 한국 유학생이 뭐라고 말을 했다고 합니다.
그 때 그가 사용한 표현입니다.

What did you say?
뭐라고요?

그랬더니 그 한국 유학생이 아무것도 아니라고 가더랍니다. 별로 좋지 않은 말을 한 그 유학생에게 그렇게 표현을 한 것은 잘 못 들어서 물어보는 의미도 있겠지만 또한 강한 불만의 표시도 됩니다. 이렇게 말이라는 것은 문맥에 따라 여러 가지 의미로 해석이 가능하다는 것을 명심해야 겠습니다. 오늘 여러분도 누군가에게 한 번 사용을 해 보시는 게 어떨까요?

182 일차: It's win-win situation.

오늘의 간단한 영어 표현

손자병법에 지피지기는 백전백승이라고 했습니다. 적을 알고 나를 알면 백 번 싸워서 백 번 이긴다는 것입니다. 그렇습니다. 남의 입장도 이해하고 나의 입장도 이해시킬 수가 있다면 세상은 살기 좋을 거라 생각을 해 봅니다. 나의 입장만 고집한다든가 남의 입장만 생각한다면 결코 좋은 결과는 나오지 않을 것입니다. 모두의 입장을 고려한 상황에서 우리는 이런 표현을 사용할 수가 있습니다.

It's win-win situation.
둘 다 이기는 셈이죠.

최고의 선택보다는 최적의 선택을 하는 것이 좋을 거란 생각을 해봅니다. 이 세상에서 사람들은 최고의 선택만 하려고 합니다. 그렇지만 나만 이기는 세상은 결코 아름답지가 않다는 것을 명심해야겠습니다.
모두가 이기는 세상을 꿈꾸며 하루를 시작하도록 합시다.

183 일차: Who knows?

오늘의 간단한 영어 표현

세상일이라는 것이 내일 어떻게 될지 아는 사람은 하나도 없습니다. 그런데도 불구하고 사람들은 마치 모든 것을 아는 것처럼 이야기를 합니다. 만물의 영장이라고 으스대는 인간도 죽으면 결국 한 줌의 흙이 되는 데 그렇게 욕심을 가지고 죽을 때까지 산답니다. 우리의 막연한 미래에 대하여 이야기 할 때 사용하는 표현입니다.

Who knows?
누가 알겠어요?

그렇습니다. 오직 신만이 모든 것을 아는 것입니다.
그래서 인간이 나약하고 죽음에 대한 두려움 때문에
만든 것이 종교라고 합니다. 누구를 믿든 우리에게 믿음을 주는 종교를 하나라고 가지고 사는 것도 현대를 사는 우리에게 필요하다고 생각합니다.

184 일차: Where to go?

오늘의 간단한 영어 표현

운명이라는 게 정해져 있다고 합니다. 우리는 모르지만 내일 우리가 어떻게 될지는 이미 다 미리 계획되어 있습니다. 그저 우리는 따라갈 뿐입니다. 그래도 그냥 있어서는 안 되겠지요. 뭔가 계획하고 열심히 노력은 해야 된다고 생각합니다. 그것 또한 운명이 정해 놓은 것이니까요. 세상은 어차피 안 될 것은 안 되고 될 것은 된답니다. 어느 유명한 스님이 그런 말을 했지요. 산은 산이요 물은 물이라고요. 우리의 삶은 다 그런 것입니다. 그래도 어디로 갈지 몰라 방황할 때 사용하는 표현입니다.

Where to go? 어디로 가야만 할까요?

불투명한 세상, 알 수 없는 미래...그래도 아직 우리가 살아 있다는 것은 확실합니다. 그것이 곧 행복이고 즐거움이라고 생각해야 합니다. 목표가 희망이고 희망이 있어야 우리가 오늘을 살 수가 있는 것입니다. 우리에겐 무한한 꿈과 희망이 항상 있다는 것을 명심하는 오늘이 되었으면 합니다.

185 일차: What's it called?

오늘의 간단한 영어 표현

어렸을 때는 궁금한 것이 참 많았습니다. 뭐가 이리도 궁금한지 물어보고 물어봐도 모르는 것이 너무 많았습니다. 성인이 되어서는 이제 더 이상 물어보지 않습니다. 물론 모든 것을 다 알아서 물어보지 않는 것이 아닙니다. 괜히 물어보면 내가 너무 모른다는 것이 알려질까 봐 그렇게 합니다. 하지만 물어보는 것이 모르는 것보다 낫습니다. 길을 가다고 길을 모르면 물어 보면 쉽게 갈 수가 있습니다. 하지만 남에게 물어보는 것이 쉬운 것은 아닙니다. 세상도 그런 것 같습니다. 내가 보기에 쉬운 일도 다른 사람에게는 어려운 일이 있습니다. 내게 어려운 일이 다른 사람에게는 쉬운 일도 많습니다. 특히 길 물어보는 것이 그렇습니다. 토박이들은 골목길을 다 압니다. 모르면 물어보아야 합니다. 그럴 때 사용하는 표현입니다.

What's it called?
뭐라고 부르지요?

그래요 잘 기억나지 않은 이름. 명사라는 것을 물어볼 때 사용하는 표현입니다. 길게 설명하는 것보다 한 단어로 명쾌하게 설명하는 방법입니다. 아는 길도 물어가라 했습니다.

186 일차: Do not disturb.

오늘의 간단한 영어 표현

이제 머지 않아 봄이 오고 그러면 여행가기에 좋은 날씨가 됩니다. 국내 여행 하는 거랑 외국 여행 하는 거랑 비용차이가 얼마 차이가 안 나서 요즘은 많이들 외국 여행을 가는 것 같습니다. 외국 여행 간다고 하면 그제서야 간단한 영어표현을 외우시는 분들도 많은 것 같습니다. 기본적인 회화는 하셔야 여행하는데 좀 더 즐거운 여행이 될 수가 있습니다. 우리가 호텔에서 묵다보면 방문 밖에 뭔가가 걸려있는 걸 많이 볼 수가 있습니다. 뭐냐고요? 늦게까지 잠자니까 귀찮게 하지 말라는 표현입니다.

Do not disturb. 방해금지!

여행을 패키지로 가신다면 위와 같은 표현은 사용할 일이 없을 겁니다. 왜냐고요? 그건 아침에 일찍 일어나야 하기 때문입니다. 그래야지 좀 더 관광을 더 하니까요. 물론 요즘엔 옛날처럼 빡세게(?) 도는 것 같지는 않습니다. 개인 시간도 많이 주고 개인 여행도 많이 하시는 것 같습니다. 좀 더 즐겁고 좀 더 많은 걸 보고 싶으시면요. 여러분 오늘도 열심히 영어 공부하시기 바랍니다.

187 일차: Let's give him a big hand.

오늘의 간단한 영어 표현

인간은 사회적 동물이라고 했습니다.
그래서 우리는 알게 모르게 많은 행사를 다니곤
합니다.
좋은 일이든 나쁜 일이든 사람들이 모이는 장소에
가면 사회자가 꼭 누군가를 소개를 합니다..
그럴 때 사용하는 표현입니다.
누구를 소개하고 맞이하면서 사용하는 표현입니다.

Let's give him a big hand.
그에게 큰 박수를 쳐 주세요.

여러분도 이런 행사장에 많이 가서 박수 많이 쳐 봤지요.
아니라고요..박수를 많이 받아보았다고요.
저는 잘 모르겠네요. 매번 박수만 쳐봐서요.
그래요, 좌우지간 박수를 많이 받는 사람이 되도록
노력하는 오늘이 되었으면 합니다.

188 일차: Keep out of my way.

오늘의 간단한 영어 표현

뉴질랜드에서 시내에 나가면 우리나라 명동보다 사람들
이 훨씬 적게 다닙니다. 명동에는 요즘 중국 사람들이
그렇게도 많다고 하던데요.
길을 가다보면 사람들과 어쩔 수 없이 몸이 접촉이 되는
경우가 많습니다. 그럴 때 사람들은 그저 아무 일 없다는
듯이 지나가 버립니다.
그런데요, 뉴질랜드에서는 지나가는데 사람들이 앞에
있으면 항상 'excuse me' 하고 말하고 지나가야 합니다.
몸 접촉하는 걸 굉장히 싫어합니다. 혹시 접촉하게 되면
I am sorry.라고 하셔야 합니다.
이렇게 길을 가다가 누가 앞에 있는 경우에
사용하는 표현입니다.

Keep out of my way. 길을 비켜 주세요.

물론 이 표현은 명령문 형태로 되어 있습니다.

그래서 앞에다 Please를 붙여주거나 조동사 Could를
사용하셔서 하시는 것이 훨씬 좋습니다.

영어에는 존댓말이 없다고 합니다. 하지만 윗사람이나 모
르는 사람에게는 정중하게 please나 조동사를 사용해서
격식을 차려야 합니다.

그것이 그 나라의 문화인 것입니다.

물론 어떤 사람이 내가 하는 일에 방해를 할 경우에도
위의 표현을 사용할 수가 있습니다.

189 일차: Maybe some other time.

오늘의 간단한 영어 표현

사회생활하면서 사람들을 만나다보면 부탁할 일도 많고
부탁 받을 일도 많습니다. 직장 생활 속에서도 그렇습니
다. 일은 사람이 하는 거지 일이 하는 것이 아닙니다.
그래서 다른 부서 사람들하고 관계가 좋으면 직장에서도
인정 받고 살 수가 있습니다.
그러기 위해서는 맺고 끊는 게 확실해야 합니다.
그리고 거절하는 것도 요령 있게 잘 해야 합니다.
그럴 때 사용하는 표현입니다.

Maybe some other time.
다른 때 해보지요.

예스나 노의 이분법적 응답이 아니라 때에 따라서 유연하
게 대처하는 것도 사회 생활을 잘 하는 방법 중의 하나라
고 생각합니다. 무조건 예스하는 예스맨도 안 좋고 무조
건 따지는 사람도 안 좋습니다. 사람에 따라서 환경에
따라서 융통성 있게 대처하는 오늘이 되었으면 합니다.

190 일차: Beat it!

오늘의 간단한 영어 표현

인간은 행복을 위해서 산다고 해도 과언이 아닙니다.
행복하기 위해서 돈을 벌고 행복하기 위해서 다른 사람에게 고개를 숙이기도 합니다. 가족의 행복을 위해서라면 가장은 무슨 일이든지 다 하는 사람인 것입니다.
인간은 감정의 동물이기에 언제나 가슴 구석에 화를 가지고 다닙니다. 단지 그것을 터트리지 않고 늘 가지고 있습니다. 그러한 시한폭탄은 언젠가 터지게 되어 있습니다.
그래서 스트레스 해소를 위하여 사람들은 자기 나름대로의 노하우를 가지고 있습니다. 술로 풀든지 아니면 노래를 한다든지. 그런데 모든 것에는 선이 있습니다.
만일 누군가가 그 선을 넘어선다면 그 때 사용하는 표현입니다.

Beat it! *꺼져!*

그런데요, 화라는 것이 화를 내면 모든 것이 해결되면 좋
겠지만 그것이 또 다른 화를 불러 일으킨다는 것을 명심
해야 합니다. 무조건 참으라는 것이 아니라 화를 내서
문제가 해결이 안 된다는 것입니다.
서로의 입장을 생각하고 5분만 더 생각한다면 우리는
결코 화를 안 내고도 우리의 마음을 조정할 수 있는
것입니다.
화는 화를 낳고 선은 선을 낳고...

191 일차: Behave yourself.

오늘의 간단한 영어 표현

벼는 익으면 고개를 숙인다고 합니다. 사람들도 많이 배우면 겸손해 진다고 합니다. 물론 안 그런 사람도 있습니다. 그래도 배운 사람은 뭔가 다르다고 하지 않나요?
은행에 있었을 때 VIP손님들은 은행에 불만이 있을 때 절대로 고함을 치거나 손가락질 한다거나 하지를 않습니다. 그냥 논리적으로 따집니다.
그런 규정이 어디 있느냐? 보여 달라? 라던가 하면서
고급스럽게 컴플레인을 한답니다. 그리고 집요합니다.
어떨 때는 그냥 소리 치는 손님이 좋을 때가 있습니다.
왜냐고요? 그런 손님은 그러다가 지치고 돌아가니까요.
공공장소에서 몰상식적인 행동을 하는 사람에게 하는
표현입니다.

Behave yourself.
예의 좀 지켜주세요.

behave는 행동하다. 라는 동사입니다.

그리고 yourself는 재귀대명사입니다.

그래서 당신 자신에게 부끄럽지 않는 행동을 하라는 의미
입니다. 그래서 얌전하게 굴어라, 예의 좀 지켜라 라는
의미로 되었습니다.

여러분들은 이런 말 전혀 듣지도 하지도 않고 사시는
모범적인 시민이라 생각합니다.

192 일차: Cash or charge?

오늘의 간단한 영어 표현

오늘도 가족을 위해서 사시는 아빠들...
돈 버는 기계라 자책하지 마시고 그것이 모두 가족을
위하는 길임을 항상 명심해야겠습니다.
그래서 가장이라는 타이틀이 붙는 겁니다. 아무나
가장 할 수 있는 것은 아닙니다. 그래도 능력이 있으니까
결혼도 하고 아이도 가지고 하는 겁니다.
요즘은 결혼도 아무나 하는 세상이 아니니까요.
우리가 외식하러 식당에 가면 식당 종업원들이
하는 표현입니다.

Cash or charge?
현금요? 아님 신용카드요?

식당에서는 현금을 선호합니다.
왜냐고요? 세금 때문입니다.
그건 잘 되는 식당이나 그렇습니다.

안 되는 식당은 카드로 결제해도 대 환영입니다.

그런데요. 카드로 결제하면 식당에서는 일정한 수수료를 내야 합니다. 그것도 만만치가 않은 금액입니다.

저도 학원을 해 봐서 아는데요. 쌓이니까 제법 되더라고요. 그래서 카드회사가 먹고 살겠지요.

그런데요. 5,000원짜리 먹으면서 카드 내는 건 좀 그렇습니다. 그 돈에 수수료 빼면 식당 주인한테 뭐가 남나요.

오늘은 단골식당에서 현금으로 결제하는 하루가 되었으면 하네요.

네 현금이 없다고요?

193 일차: Catch up.

오늘의 간단한 영어 표현

날씨가 점점 따뜻해지고 있습니다. 그렇게 지루하던 겨울도 때가 되니까 저 멀리로 가버리고 이제 봄이 창밖에 다가왔습니다. 이제 주말이면 사람들이 봄을 찾아서 산행을 하겠지요. 산을 올라가다 보면 산을 정말 잘 타시는 분이 많습니다. 마치 다람쥐 같다고 하지요.
이런 다람쥐 같으신 분들이 사용하는 표현입니다.

Catch up. 따라 붙으세요.

물론 따라 잡고 싶지만 어디 몸이 그러하나요.
조금 올라가다보면 땀이 흐르고 힘이 빠지고 그러하지요. 그래서 평소에 운동을 많이 하고 유산소 운동인 걷기를 많이 해야 합니다. 그런데 직장인들이 어디 걸을 시간이나 있나요. 매일 의자에 쪼그려 앉아서 타이핑만 치다가 밤이면 삼겹살집에서 스트레스 푼다고 소주에 기름진 음식에 그러니 배가 안 나올 수가 없습니다. 하지만 오래 살려면 아니 건강하게 살려면 몸짱은 아니더라도 배가 날씬한 사람 뒤를 따라 붙어야겠습니다. 여러분 catch up 하세요.

194 일차: Break it up.

오늘의 간단한 영어 표현

세상은 좋은 일보다 안 좋은 일이 더 많은 것 같습니다. 그래서 사람들이 더 행복을 갈망하는지 모릅니다. 그런데요. 늘 안 좋다가 하루 좋으면 인생이 마치 꿀맛 같습니다. 매일 좋은 일만 있으면 그것도 안 좋고 매일 안 좋은 일만 있으면 그것도 안 좋고 세상은 참 요지경이랍니다. 사람들 만나다 보면 좋은 일보다 다툴 일이 많은 것 같습니다. 뭐 감정이 상하니까 싸우겠지만...싸운다고 뭐가 해결되는 것도 아니면서 잘도 싸운답니다.
그런 사람들에게 사용하는 표현입니다.

Break it up. 싸우지 마세요.

아이들은 싸우면서 큰다고 합니다. 그러나 성인들은 싸우면 경찰서에 가야 합니다. 감정을 앞세우기 보다는 왜 이런 갈등이 생겼는지에 대한 명확한 원인 분석이 필요할 것입니다. 그리고 상대방의 입장에서 생각해 본다면 싸울 일도 많이 없을 겁니다. 조금만 양보하고 배려하는 오늘이 되었으면 합니다.

195 일차: Don't mess with me.

오늘의 간단한 영어 표현

물은 위에서 아래로 흐른다고 합니다. 세상의 당연한 이치입니다. 사람들을 보다 보면 꼭 자기보다 약한 사람을 괴롭힙니다. 그거야 자기보다 약하니까 그러겠지요. 강한 사람한테는 약하고 약한 사람한테는 강하고 그것이 엄연한 자연의 이치인데요. 그렇지만 그 약한 사람이 언제나 약할까요? 그건 아니라고 생각합니다. 언젠가 자기보다 강해진다면 어떻게 하시려고요? 누군가가 본인에게 막 대하는 사람이 있다면 그 때 사용하는 표현입니다.

Don't mess with me. 날 함부로 대하지 마세요.

행동에 앞서서 우선 말로 잘 대처하는 것이 좋습니다. 기싸움에서 밀리면 안 됩니다. 하물며 강아지도 으르렁거리다가도 눈싸움에서 밀리면 살짝 꼬리를 내린답니다. 누군가가 자기에게 막 대하려고 할 때 우선 평상시에 본인의 모습을 되돌아 생각해 볼 필요가 있습니다. 무엇이 그가 나를 이렇게 보게 했는가 하면서요. 세상은 둥급니다. 둥근 세상 둥글게 살아보는 하루가 되었으면 합니다.

196 일차: Know your place.

오늘의 간단한 영어 표현

누구든지 세상에 태어날 때 자기 밥그릇은 가지고 태어난
다고 합니다. 그것은 자기가 할 수 있는 일이 세상에 찾아
보면 반드시 있다는 이야기로 해석이 됩니다. 노력하고
찾아보면 충분히 자기가 할 수 있는 일이 있지만 사람들
은 찾다가 지쳐서 포기하기도 합니다. 그러나 자기의 능
력을 생각 안하고 너무 높은 데만 쳐다보는 사람들도
간혹 가다 있기도 합니다.
그런 사람에게 조용히 사용하는 표현입니다.

Know your place. 분수를 아세요.

동물의 왕국을 보면 간혹 뱀이 자기보다 큰 먹이를 먹다
가 죽는 경우가 있답니다. 그건 자기의 능력도 모르면서
과용을 부렸기 때문입니다. 남들보다 조금 못 살아도 남
들보다 조금 못 벌어도 자기 스스로에게 만족하는 오늘이
되었으면 합니다. 행복 뭐 별거 있나요. 내가 행복하면 다
행복한 거랍니다. 남들 눈치 보지 말고 내 길,
my way로 가는 하루가 되었으면 합니다.

197 일차: Lie on your back.

오늘의 간단한 영어 표현

우리나라 의료보험은 외국에 비해서 잘 되어 있습니다.
치과 치료를 받기 위해서 외국에서는 비싼 돈을 내야 합니
다. 가령 충치를 때운다거나 하는 경우 우리나라는 몇 만
원이면 되지만 외국에서는 큰돈을 내야 하는 경우가 많습
니다. 사실 외국에서도 의대 들어가는 것이 매우
어렵습니다. 그리고 졸업하는 건 더 힘들고요.
우리가 외국에서 아파서 병원에 갈 경우 병원에서
들을 수 있는 표현입니다.

Lie on your back.
드러누우세요.

외국에서는 개인 병원에서 모든 것을 다 봐줍니다.
물론 전문의가 따로 있지만 웬만한 건 개인 병원에서 봐
주고 병이 심각하다하면 국립 병원으로 소견서를 써서 가
야 합니다. 어디 아파도 외국에서는 병원가는 게 쉽지가
않습니다. 돈이 많이 들어서 그렇습니다.

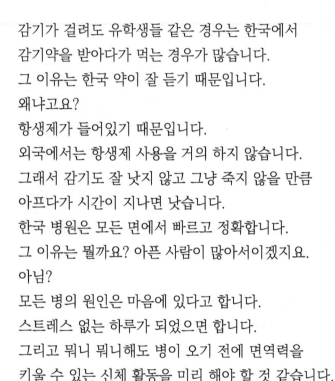

감기가 걸려도 유학생들 같은 경우는 한국에서
감기약을 받아다가 먹는 경우가 많습니다.
그 이유는 한국 약이 잘 듣기 때문입니다.
왜냐고요?
항생제가 들어있기 때문입니다.
외국에서는 항생제 사용을 거의 하지 않습니다.
그래서 감기도 잘 낫지 않고 그냥 죽지 않을 만큼
아프다가 시간이 지나면 낫습니다.
한국 병원은 모든 면에서 빠르고 정확합니다.
그 이유는 뭘까요? 아픈 사람이 많아서이겠지요.
아님?
모든 병의 원인은 마음에 있다고 합니다.
스트레스 없는 하루가 되었으면 합니다.
그리고 뭐니 뭐니해도 병이 오기 전에 면역력을
키울 수 있는 신체 활동을 미리 해야 할 것 같습니다.
오늘도 건강한 하루 되시길 바랍니다.

198 일차: I blacked out.

오늘의 간단한 영어 표현

어제는 토요일이었습니다. 그전에는 토요일 밤이 요란했지만 요즘은 주 5일제로 인하여 불타는 금요일, 금요일이 대세가 되어 버렸습니다. 술을 먹다보면 술에 취하고 그 술이 또 술에 취해서 결국엔 필름이 끊기게 되는 경우가 많습니다.
그럴 때 사용하는 표현입니다.

I blacked out.
술을 너무 많이 마셔서 필름이 끊겼어...

그렇지요. 술을 많이 마시면 정신이 나가버리고 맙니다. 마치 정전이 되는 거랑 같은 경우입니다. 필름이 여러 번 끊기다 보면 나중에는 치매가 올 가능성이 높다고 합니다. 술은 기분 좋게 자기 주량 껏 마셔야 할 것 같습니다. 많이 마신다고 기분이 더 좋아지는 게 아닙니다. 모든 것이 가이드 라인이라는 게 있습니다. 자기 주량에 맞추어서 마시는 슬기로운 사람이 됐으면 합니다.

199 일차: It's on the house.

오늘의 간단한 영어 표현

매주 토요일만 되면 사람들이 들리는 곳이 있습니다.
우리 동네에도 가까운 곳에 있답니다. 사람들은 혹시나
하면서 들려서 하나씩 사지요. 무언지 알았다고요?
네 맞습니다. 로또입니다.
인생 대박을 꿈꾸는 사람들..그런데요...1등은커녕 5천 원
짜리 되기도 힘든 것이 현실입니다. 그래도 꾸역꾸역 사
는 것은 조그만 희망을 사는 것이라 생각합니다. 반드시
될 거라고 생각하며 사는 사람은 드물 것입니다.
저도 돼지꿈도 꾸어보고 용꿈도 꾸어보고 한 날은
어김없이 샀지만 결과는 nothing 이었습니다.
그래도 이런 꿈을 그려봅니다. 만일 된다면...
술집에 가서 술을 마시며 홀 안에 있는 사람들에게
외칠 것입니다.
그럴 때 사용하는 표현입니다.

It's on the house. 무료입니다.

영화 보면 그런 장면 나오죠,
벨을 울리면서 공짜라고...모든 돈은 자기가
낼 거니까...마음대로 드시라고...저도 그 벨 한 번
치고 싶습니다. 그러나 그럴 날이 올까요?
그냥 조그만 돈이라도 꾸준히 벌고 싶습니다.
큰 돈 잘못 만지다가 바로 골로 가는 수가 있답니다.
저는 그냥 소박하게 건강하게 살까합니다.

200 일차: Time will tell.

오늘의 간단한 영어 표현

세상일이란 아무도 모른다고 합니다. 한 치 앞도 모르는 세상...누구든지 자신 있게 말할 수 있는 사람은 없습니다. 자신 있게 내일을 말한다는 것은 인간의 영역이 아닌 것 같습니다. 그래서 매사에 그냥 최선만 다하면 될 것 같습니다. 어려운 문제에 봉착해 있을 때 우리는 해결하려고 노력합니다. 물론 시간이 지나면 어떠한 결말이 나오겠지요. 그럴 때 사용하는 표현입니다.

Time will tell. 시간이 지나면 알 것입니다.

1%의 가능성만 있으면 하는 겁니다. 그리고 나머지 99%은 하늘에 맡기는 겁니다. 세상일은 쉽게 생각하면 쉬운 것이고 어렵게 생각하면 어려운 것입니다. 내가 노력한다고 될 게 안 되고 안 될 게 되는 게 아닙니다. 그렇습니다. 바로 이미 정해져 있다는 것이지요. 그렇다고 하늘만 바라 보라는 것이 아닙니다. 최선의 노력을 하되 결과에 깨끗하게 승복하라는 것입니다. 노력도 안 하고 후회하는 것이 아니라 노력하고 그냥 잊어버리라는 것입니다. 그런 것이 아름다운 행동이 아닐까요?

201 일차: Let's go by the book.

오늘의 간단한 영어 표현

요즘 하는 드라마 중에서 '공자'라는 중국 드라마를
보곤 합니다. 드라마 속에서 공자는 국가가 강해지려면
법이 바로 서야 한다고 합니다.
그런 말이 있습니다. 싸움을 하는 데 있어서 목소리
큰 사람이 유리하다고요. 그리고 법보다 주먹이
더 빠르다고 합니다.
그렇지만 옛날보다 세상은 많이 변해서 곳곳에 CCTV가
있고 차에는 블랙박스가 있어서 섣부른 행동을 하다간
큰 코 다치는 경우가 있답니다.
누군가가 불합리한 행동을 요구하거나 할 시에
사용하는 표현입니다.

Let's go by the book.
원칙대로 하지요.

그렇습니다. 책에 써있는 대로 해야 합니다.
그것이 가장 공정하고 합리적입니다.
융통성 있게 하면 그 융통성이 융통성을 낳게 되고
그러면 자연히 법은 깨지게 되어 있는 것입니다.
너무 엄격한 법도 문제이지만 너무 헐렁한 법도
문제입니다. 법치주의 국가에 사는 우리는 올바르게
법을 이해하고 지키는 그러한 바른 시민이 되도록
노력하여야 하겠습니다.
모든 시민이 법 앞에 평등한 사회가 됐으면 합니다.

202 일차: What a nerve!

오늘의 간단한 영어 표현

요즘 아이들 보면 그런 생각을 해 봅니다.
옛날보다도 자유분방하다고 할까요.
그리고 개성도 뚜렷하고요. 그렇지만 요즘 경제가 어렵다
보니까...경쟁에 치이다보니까 힘도 없어 보입니다. 좋게
보면 좋아 보이지만 제가 어렸을 때와는 또 다른 모습을
볼 수가 있습니다. 그것은 세상이 변했다는 것이겠지요.
옛날 어른들이 제가 어렸을 때 사용하던 표현입니다.

What a nerve!
버르장머리 없군요.

그렇습니다. 어린 아이들은 누구나가 버르장머리가 없는
걸로 보입니다. 그건 아직 미성숙했기 때문이지요. 그렇
게 혼나가면서 아이들은 올바르게 자라는 거라 생각합니
다. 곡식들에게 물을 주듯이 어른들도 아이들에게 올바른
길로 갈 수 있는 좋은 말과 좋은 행동으로
솔선수범해야 할 것 같습니다.

203 일차: You are a lucky duck.

오늘의 간단한 영어 표현

불행에 가치를 부여한 것이 소설이라고 합니다. 이러한 소설은 허구라고 합니다. 그렇지만 현실에서 일어날 수 있는 일이라고 합니다. 행복보다는 불행한 순간이 더 많은 것 같습니다. 하지만 그러한 불행이 있기에 행복이 더 가치가 있는게 아닐까요? 세상일이 모든지 잘 되어도 모든지 못 되어도 재미가 없을 것 같습니다.
하지만 그래도 행운의 여신이 나에게 매일 아니 가끔 미소를 짓는 날을 꿈꾸어 보는 건 어떨까요?
그러길 바라는 누군가에게 사용하는 표현입니다.

You are a lucky duck.
당신은 행운아입니다.

말이 씨가 된다고 합니다..매일 본인에게 '나는 행복하다' 라고 주문을 외우면 하루가 즐거울 거라 생각합니다. 그리고 나만 행복해서는 사는 게 재미가 없습니다.
여러분 주위에 있는 분들에게 이야기 하세요.
당신이 행운아이기 때문에 본인도 행복하다고...

204 일차: Give it a rest!

오늘의 간단한 영어 표현

침묵은 금이라고 했습니다. 그 만치 무슨 일에 조용히 지내는 것은 힘든 것 같습니다. 주위에 보다 보면 사사건건 참견하는 사람이 있습니다. 마치 도와줄 듯이 말하면서 도와주지 않은 사람...참 밉습니다.
그런 사람에게 사용하는 표현입니다.

Give it a rest!
그만 좀 해!

좋은 일도 아닌데 모든지 참견하고 시비 거는 사람,
그런 사람이 물론 여러분 근처에는 없겠지요.
하지만 혹시나 그런 사람이 있으면 사용하는 표현입니다.
친구가 우울하고 힘들 때 그냥 봐 주는 것도 배려입니다.
친구라고 괜히 나서거나 그래서 마음 상하게 하지 말았으면 합니다. 친구에게도 생각하고 고민하는 시간을 줘야 할 듯합니다. 묵묵히 친구가 가는 길에 그냥 지켜봐 주는 친구도 좋을 듯합니다.

205 일차: For good?

오늘의 간단한 영어 표현

친구사이라든가 형제 자매사이에 보면 사소한 일로 다투는 경우가 많습니다. 별 것도 아닌 일인데 가까운 사이이기 때문에 그 상처는 더 크게 나는 것 같습니다.
그래서 지난번에도 그랬듯이 가까울수록 더욱 조심하라고 하였습니다. 마치 유리와 같은 거랍니다. 투명해서
맑아서 좋은데 잘못하면 깨지기 쉬운 것이랍니다.
그러한 친구랑 싸우고 그 친구가 보지 말자고 할 때
사용하는 표현입니다.

For good?
영원히?

옛말에 부부싸움도 칼로 물 베기라고 했습니다. 그렇지만 요즘은 과학문명이 발달해서인지...칼로 물을 벨 수가 있습니다. 세상일은 참 그렇습니다.
싸울 일도 아닌데 싸워서 영영 안 보는 사람도 있습니다.
가까울수록 예의를 지키는 오늘이 되었으면 합니다.

206 일차: It could be.

오늘의 간단한 영어 표현

사람이 사는데 있어서 자기 맘대로 되는 건 별로 없는 것
같습니다. 종교는 종교라는 이름으로 사람들에게
포기하는 것을 가르치는 것 같습니다.
그래서 옛날 광고에 보면 '커피만 자기 맘대로 자기 취향
대로 된다' 라는 광고도 있었습니다. 세상은 자기 의지로
살아가야 하는 건 맞지만 뜻대로 되는 건 별로 없기에
사람들이 종교에 빠지는 것 같습니다.
친구가 뭘 하다가 잘 안되었을 때 사용하는 표현입니다.

It could be.
뭐 그럴 수도 있지요.

그렇습니다...뭐가 잘 안되었다고 자기 탓...남 탓만
하다가는 상황이 더 좋아질 리는 없는 것 같습니다.

문제는 항상 있습니다.
문제를 겁내지 말고 어떻게 해결할 것인가를
고민해야 할 것 같습니다.
모든 문제는 해결점이 있습니다. 아니 시간이 지나면
뭔가가 결론이 납니다.
그 결론이 설사 마음에 안 들어도 최선을 다한 결과라
생각하시고 말하세요.
뭐 그럴 수도 있겠지...하면서...세상은 둥급니다.
둥글게 살아야 하는 세상에 사는 우리들...
모나게 살지 말고 둥글게 살아가야 할 것 같습니다.

207 일차: I am all set.

오늘의 간단한 영어 표현

따뜻한 봄이 이젠 우리 가까이에 다가와 있습니다. 겨울의 답답한 옷이 이젠 너무 무거워 벗어 버리고 가벼운 봄의 날개를 달아봅니다. 미세먼지가 아직 하늘가에 가느다란 심술보를 터트리지만 그래도 봄의 미소가 그걸 지우고 있습니다, 가족과 함께 어딘가 가고 싶은 날씨...
가벼운 소풍을 하기 딱 좋은 날씨입니다.
가족들과 소풍준비하면서 사용하는 표현입니다.

I am all set. 준비 끝!

남자들은 어딜 가도 준비를 별로 할 게 없습니다. 봄 날씨엔 그저 등산화에 등산복...아니 평상복이지요. 그리고 모자 하나 머리에 걸치면 그만이지만...여성들은 스킨 바르랴,,,로션 바르고...에센스 바르고...미백크림 바르고 거기다 썬크림은 기본...또 뭘 바르죠. 그리고 옷장에서 이것저것 고르다 보면 금방 아침이 가 버린답니다. 그래서요...언제 소풍을 갈려나? 창밖에 따사한 햇살의 미소에 오늘 마음도 따뜻해집니다. 여러분 준비 됐나요?

208 일차: Can you drop me at the school?

오늘의 간단한 영어 표현

한국에서는 집은 없어도 차는 있다고 합니다.
그 만큼 자동차가 대중화가 된 지도 오래된 것 같습니다.
그런데요...자동차는 단순히 교통 수단일 뿐인데
그것을 과시용으로 생각하시는 분들이 많은 것 같습니다.
월세로 살면서 차는 외제차를 모시는 분들...
물론 사업하시고 하시다 보면 그럴 수 있지만...
그래도 외국인들이 보기엔 비경제적이라 할 수 있습니다.
뉴질랜드에서는 고등학생도 차가 있습니다.
그래서 집에 4명이 살면 차도 4대가 되어야 합니다.
그 이유는 대중교통 버스나 지하철이 별로 발달이
안 되어서 그렇습니다. 버스를 타려면 30분을
기다려야 하고 지하철은 다니지도 않고...
어디를 갈려면 차 없이 갈 수가 없습니다. 그래서
자동차는 차가 아니라 다리입니다.
그런데 학생들이 차가 고장이 나서 아니면 학교버스를
놓칠 경우에 사용하는 표현입니다.

Can you drop me at the school?
학교에다 내려다 주실 수 있나요?

사무실이라고 하면 school을 office로 고치면
되겠지요.
요즘은 기름 값이 싸져서 차 운행하기가 좋은 것
같습니다. 과거보다 한국이 잘 사는 건 맞는 것 같습니다.
그런데요. 그와 비례해서 사람들의 빚도 많아진 건
엄연한 사실입니다.
실속 있게 사는 한국이 되었으면 합니다.
그러려면 잘 사는 사람들이 어려운 사람에게 배려해 주는
그런 사회가 되어야 할 것 같습니다.

209 일차: It will take time.

오늘의 간단한 영어 표현

인간이 시계를 만들면서 시간에 쫓기어 사는 것
같습니다. 항상 시계를 쳐다보고 서두르고...좀 더 편하게
살려고 시계를 만들었을 텐데 이젠 시간의 노예가
되어 가는 것 같습니다.
인간이 좀 더 편해지려고 만드는 인공지능도 매 한가지로
언젠가 인간에게 긍정적인 것보다는 부정적인 결과로
다가올 것 같아 불안합니다.
직장이든지 학교이든지 누군가가 뭘 지시했을 때
사용하는 표현입니다.

It will take time. 시간이 걸릴 겁니다.

솔직하게 시간이 걸린다고 해야지 그냥 받아 놓는 것도
문제이지만 처음부터 시간이 걸린다고 말하는 것도 조금
문제가 있어 보입니다. '우선은 알았다' 라고 하고 시간이
걸린다고 솔직하게 말하는 것이 좋을 거라는
생각을 해 봅니다.

시키는 사람도 그것이 얼마나 걸릴 거라는 것은 알고 시킨다고 봐야 합니다. 아무것도 모르고 냉큼 시키는 상사는 별로 없습니다. 다 옛날에 해 본거라... 얼마나 걸릴지 압니다.

그래서 우선은 네 하고 이야기를 하고 차후에 양해를 구하는 슬기로운 판단이 필요한 시대에 살고 있는 것 같습니다.

210 일차: Let's go over it one more time.

오늘의 간단한 영어 표현

옛 말에 돌다리도 두들겨 가라고 했습니다.
또한 우리는 내일 무슨 일이 일어날지 모른다고 합니다.
불확실한 미래를 우리는 준비를 잘 하고 있나 모르겠습니다. 저도 집을 나올 땐 항상 가스, 물, 보일러를 확인하고 나온답니다. 그리고 매일 차량에 타이어를 발로 한 번 차 봅니다. 그래도 항상 뭔가 불안한 구석이 남아있습니다. 이렇게 뭔가 꺼림직 할 때는 다시 한 번 확인하는 게 좋습니다. 그럴 때 사용하는 표현입니다.

Let's go over it one more time. 한 번 더 살펴보지요.

세상일이라는 게 사람 뜻대로 되는 건 없습니다.
그래서 항상 만일에 대비를 해야 합니다. 그래도 불안한 세상...준비하고 대비하고 생각하고 그래도 코앞에 닥치는 불행을 막을 수가 없는 게 인간의 한계인 것 같습니다. 그래도 한 번 더 살펴보는 그런 하루가 되었으면 합니다. 우리의 인생도 한 번 더 살펴보는 시간을 가졌으면 합니다. 제대로 가고 있는지 객관적인 시각으로 보는 것이 필요하겠습니다.

211 일차: Back me up!

오늘의 간단한 영어 표현

이런 말이 있습니다. 남편은 남의 편이라고...무슨 일을
하다보면 내 편 남의 편하고 가르는 경우가 있습니다.
별 것도 아닌데 조금 양보해 주면 해결될 일 가지고 그 조
그만 이익 때문에 내 편이나 남의 편이니 하면서 싸우는
모양새를 많이 봅니다. 직장에서나 가정에서나 내 입장에
서 생각해주고 항상 나의 편에 서 주는 사람이 참 고맙게
느껴집니다. 살다가 무슨 일이 있어서 곤란하게 될 경우
동료에게 사용하는 표현입니다.

Back me up! 내 편 들어주세요.

직역하면 '내가 올라가게끔 뒤에서 밀어주세요.' 라는 의
미입니다. 인생을 살면서 진정 내 편이 몇 명이나 될까요?
어렸을 땐 친구가 참 많아 보였습니다.
그러나 살다보니 이젠 내가 어려울 때 누가 날 위하여 내
편이 되어서 도움을 받을 수 있을까 생각해 보면
생각나는 사람이 없습니다.

어느 분이 이런 이야기를 했습니다.
본인이 어려울 때 친구라고 생각하는 사람들은 도움이
필요한데도 모른 척하고...그냥 아는 사람이라고 하는
사람들이 도와주었다고 합니다.
그래서 정말 어려워봐야 친구가 누군지 알 수
있다고 합니다.
그렇다고 일부러 어려워질 수도 없고...참!...
그러나 남에게 도움을 받는 사람이 되지 않고
항상 남에게 도움을 주는 사람이 되도록
오늘 열심히 살아봅시다.

212 일차: Don't rub it in.

오늘의 간단한 영어 표현

세상은 언제나 좋을 수도 없고 언제나 나쁠 수도
없습니다. 좋을 때도 있고 나쁠 때도 있고...
매일 좋다면 행복이 얼마나 소중한지를 알 수가
없을 것 같습니다.
어떻게 보면 좋은 친구도 나쁜 친구가 있으니까
좋은 친구의 소중함을 알게 되는 것 같습니다.
좋은 친구는 친구의 마음을 읽고 진심으로 대해줍니다.
하지만 나쁜 친구는 친구가 안 좋은 일이 있는데도
자기 이야기만 하고 그 안 좋은 일에 대하여
계속 이야기를 한답니다.
그럴 때 사용하는 표현입니다.

Don't rub it in.
자꾸 아픈데 긁지 마세요.

그런 상황에서 계속 그 이야기를 한다면 정말 기분이
안 좋아집니다. 그렇다고 화를 내려니 내가 모자라
보이는 것 같아 보이고...참 곤란합니다.
그렇지만 경고는 해 주어야 할 것 같습니다.
남을 통해서 자기를 본다고 했습니다. 그런 친구가
본인에게 그러한 말을 계속 한다면 본인의 잘못도
있다고 봅니다.
처음부터 그런 이야기를 하지 못하게 했었어야 합니다.
그리고 그런 친구가 안 되도록 해야 할 것입니다.
친구에게 좋은 말도 많이 하면 잔소리가 됩니다.
언제나 알맞게...적절하게 할 줄 아는 지혜도
필요하다 하겠습니다.

213 일차: Back it in.

오늘의 간단한 영어 표현

사람이 살다보면 항상 내일을 준비할 수는 없습니다.
오늘도 살기 바쁜 세상에 내일을 준비한다는 것은
결코 쉬운 일이 아닙니다.
그래도요...우리가 주차장에 차를 세울 때는요.
나갈 것을 생각하고 주차를 해야 할 것 같습니다.

그럴 때 사용하는 표현입니다.

Back it in.
뒤로 후진해서 주차 해 주세요.

그러면 나중에 주차장에서 나갈 때 아주 편합니다.
거꾸로 나오려고 하면 위험하답니다.
거꾸로 나오다가 접촉사고가 많이 난다고 합니다.
사람 사는 것도 그러한 것 같습니다.
지금 당장 편하려고 하다간 나중이 많이 힘들어진답니다.
오늘 힘들고 귀찮아도 여러분 운동하세요.

214 일차: Easy does it.

오늘의 간단한 영어 표현

이제는 봄기운이 완연한 것 같습니다. 거리에는 개나리와 진달래가 몽글거리고 있습니다. 때를 기다리며 환한 웃음을 터뜨릴 것 같습니다. 남쪽에는 산수유가 노란 바다를 이루었고...아파트엔 이사를 오가는 사람들이 바삐 움직입니다. 새로운 집에 이사를 가면 새로운 마음이 들고 활기가 넘치는 것 같습니다. 이사할 시 깨지기 쉬운 액자나 귀한 그림들이 있다면 항상 조심해야겠습니다.
그럴 때 사용하는 표현입니다.

Easy does it. 살살 조심해서 하세요.

이삿짐 센터 아저씨들은 무엇이 중요한지 모른답니다.
그냥 그림인줄 알고 그냥 싸고 그냥 풀어준답니다.
그래서 귀한 물건을 따로 싸서 가지고 가거나 아니면 아저씨들에게 미리 알으켜 줘야 합니다. 박수근의 작품이라면 더더욱 조심해야겠지요..네...박수근이 누구냐고요?
제 삼촌은 아니랍니다. 무엇이든지 조심해야 하는
상황이 온다면 그 때 사용하는 표현입니다.

215 일차: Either will do.

오늘의 간단한 영어 표현

인생은 선택의 과정이라고 합니다. 항상 선택의
기로에서 우린 선택해야만 합니다. 물론 선택이 되기도
하지요. 그런 순간순간에 우리는 현명한 선택을 해야
하지만 그건 말 그대로 쉬운 일이 아닙니다.
그래도 선택을 했으면 후회를 해서는 안 될 것 같습니다.
우린 많은 선택 중에서 결국에 남은 두 가지 선택중
하나를 골라야 하는데 많은 어려움을 겪습니다.
그런 상황에서 사용하고 싶은 표현입니다.

Either will do. 둘 다 돼요.

그랬으면 얼마나 좋을 까요? 뭘 선택해도 후회하지 않은
삶...여기서 둘 다 된다는 것은 둘 중 아무거나 상관이 없
다는 겁니다. 우리의 이성 관계도 그렇습니다. 결혼할 때
도 둘 다 괜찮지만 어쩔 수 없이 한 명만 골라야지요. 두
명을 고르다간 큰 일 납니다. 안 그런가요? 두 명을 고르
고 싶다고요? 그러는 순간 당신은 인간 취급을 받을 수가
없습니다. 현명한 선택이란 후회하지 않는 선택입니다.

216 일차: I am stuffed.

오늘의 간단한 영어 표현

뉴질랜드에 후이아라는 플렛에서 지낸 적이 있습니다.
아파트 같이 생긴 곳에 각 층에 싱글룸이 있고요.
그리고 공동 화장실과 공동 부엌과 공동 거실이 있는 곳
입니다. 거기에는 세계 여러 나라에서 영어를 배우기
위해 온 학생들로 항상 붐비고 있습니다.
밥 먹을 때가 되면 부엌에서 사람들을 만납니다.
그러면 서로 먹어보라고 합니다. 그냥 예의상...
그러면 그들은 알고 그러는지 사양을 합니다.
그 때 사용했던 표현입니다.

I am stuffed.
배가 불러요.

그런 표현을 사용하면서 먹으려고 하지 않습니다.
지금 생각해보니 저도 그렇지만 다른 나라 음식을 먹는
것이 결코 쉬운 것이 아닙니다. 향신료가 다르기 때문에
비위가 상하기도 한답니다.

맛도 다르고...그런데 볶음밥은 어느 나라 음식이든 지
먹을 만합니다.

그래서 저는 남섬 여행 시에 태국 식당에 들어가서
볶음밥을 시켜서 먹기도 했답니다.

중국 음식은 오일리하고 즉 기름지고 일본 음식은
스위트합니다. 달지요...한국 음식은 핫하지요.
좀 맵습니다.

I am full. 이라고 더 많이 사용합니다.

나는 꽉 찼어요. 그래서 배부르다는 의미인 건 금방
아시겠지요. 매일 밥 먹고 치우고 그러면 하루가 갑니다.

사람은 과연 먹기 위하여 살까요?

살기 위하여 먹을까요?

그런데 오늘은 뭘 배터지게 먹어보나?

217 일차: Get the picture.

오늘의 간단한 영어 표현

뉴질랜드 후이아라는 플렛에 있었을 때
어느 이스라엘 남자가 후이아에 들어와 살았었습니다.
그는 공항에 도착할 때까지도 영어를 한 마디도
몰랐다고 합니다.
그렇지만 온지 1달이 되었는데 어느 정도 하는 것입니다.
그만치 열심히 노력했다는 증거이지요.
다운타운에서 후이아로 오는 길목에 육교가 하나
있습니다. 그런데 거기서 몇 달에 한 번씩 자살하는
사람이 있었습니다.
살기 좋은 나라인 뉴질랜드에서 자살하는 사람도
있다는 것이 어색한 현실을 보는 것 같았습니다.
그들이 자살하는 이유는 아무런 목표가 없다는 것입니다.
국가에서 실업수당도 주고 먹을 만치 복지가 되어
있어서인지 그들은 아무런 경쟁의식도 없었습니다.
그것도 힘든가봅니다.

그 상황을 그 이스라엘 남자가 저에게 설명하는데
온갖 제스처를 써가면서 사용했습니다.
의사소통의 60%가 바디랭기지라고 합니다.
그런 설명 후에 사용하는 표현입니다.

Get the picture.
이해가 되나요?

우리말 표현에도 "안 봐도 비디오"야 라는 표현이
있습니다. 그림처럼 머리에 그려진다는 것으로서
이해가 된다는 표현입니다.
우리 언어가 글자가 머릿속에 들어가면 이미지화 돼서
저장이 됩니다. 그래서 공부는 이미지로 공부해야 한다고
합니다. 머리는 숫자나 글자로 이해하는 것이 아니라
그림으로 이해를 하기 때문입니다.
어떻게 오늘 영어표현 이해가 되시나요.

Get the picture?

218 일차: Please give me a break.

오늘의 간단한 영어 표현

직장 생활 하다 보면 일에 치여 삽니다.
때려 치우고 싶어도 눈에 어리는 토끼 같은 자식에 여우
같은 마누라 땜에 그만 두지도 못하고 그저 노예처럼
일하는 직장인들...
그렇지만 회사 밖은 천국이 아니랍니다.
더 한 지옥도 없습니다. 먹고 사는 게 그리 쉽지가
않답니다. 직장을 다니는 후배한테 전화가 온 적이 있었
습니다. 외국계 회사에 이사로 있는 후배인데 연봉도
꽤 높았습니다. 그러면 사람들은 많이 부러워하지요.
연봉도 많다고...
그런데요. 연봉에 비례해서 스트레스가 나옵니다.
그래서 과거에 이사들보면 뒷목 잡고 한 번 정도
쓰러지지 않는 사람이 없었습니다. 그만큼 과로와
스트레스. 생각 만해도 끔찍합니다.
그래서 그들은 목숨과 연봉의 줄다리기를 하고 있는
것입니다. 직장 상사가 과중한 업무로 쫄 때
사용하는 표현입니다.

Please give me a break.
좀 봐주세요. 그만 좀 하세요.

최소한 숨을 쉴 틈은 줘야 하겠지요.
그렇지만 그 상사도 그럴 틈이 없을 겁니다.
왜냐고요? 그 상사의 상사가 그럴 것이니까요.
그렇게 물리고 물리는 관계가 직장이랍니다.
하지만 회사 밖은 그 관계보다 더 치열하답니다.
회사에 엉덩이를 푹 박고 살아야 합니다.
직장인 여러분!
저도 그 때로 돌아간다면 아예 살 겁니다.
회사에서...

219 일차: Far from it.

오늘의 간단한 영어 표현

우리가 살아가는 동안에는 무언가를 위해서 살아갑니다. 자기 나름의 목표를 가지고 그 목표에 매진하면서 사는데요. 마치 험산 산을 등반하는 것과 같다고 볼 수가 있습니다. 매일 조금씩 연마하면서 갈고 닦지만 아직도 갈 길이 멀고도 험할 때 사용하는 표현입니다.

Far from it. 아직 멀었어요.

10번 찍어 안 넘어가는 나무가 없다고 하였습니다.
아무리 멀고 험해도 타박타박 가다 보면 도착하게 되어 있습니다. 성공을 한 사람들은 모두 다 똑같은 이야기를 한답니다. 꾸준히 하면 된다고...그렇습니다. 무슨 일이든지 하면 됩니다. 시간과의 싸움입니다. 결국은 됩니다. 그걸 아는 사람과 모르는 사람은 극과 극을 달립니다. 그래서 경험 많은 사람을 선호하는 것입니다. 아무리 들어도 소용이 없습니다. 한 번 해보는 것이 중요합니다. 아무리 어려운 일도 다 시간이 지나면 해결이 됩니다.
지치지 말고 열심히 사는 하루가 되었으면 합니다.

220 일차: Get a life.

오늘의 간단한 영어 표현

인생은 짧다고 합니다. 그것은 시간이 빨리 간다는 의미도 됩니다. 하루 하루를 우리는 재미있게 살아야겠지만 세상은 그리 만만하지가 않습니다. 매일 피곤하고 치치고 힘들고 그렇게 살아갑니다. 돈 버는 기계도 아닌데 그냥 일만 하고 또 일하고 일 없으면 힘들고 그렇지요. 그래도 우리네 인생 재미있게 살아보는 마음이 중요한 것 같습니다. 그럴 때 사용하는 표현입니다.

Get a life.
지루하게 재미없게 보내지 말고 재밌게 살아라.

거울을 보고 본인에게 이야기 해 보세요. 재밌게 살자고...재미가 없어도 재미 있다고 생각하면 재미가 있는 겁니다. 조그만 거에 우리는 감동하고 행복을 느낍니다. 커다란 곳에서 재미를 찾지 말고 소소한 곳에서 찾으면 될 것 같습니다. 야구를 보아도 무조건 이기는 팀 응원하고...재미있는 만화책만 골라 읽고...좋은 풍경만 쳐다보는 하루가 되었으면 합니다. 봄 입니다..봄은 시작을 의미하고 봄꽃은 시작에 대한 설레임을 보여줍니다.

221 일차: He is a handful.

오늘의 간단한 영어 표현

인간은 많은 관계 속에서 살아갑니다.
관계 속에서 재미를 찾기도 하지만 또한 화가 나기도
하고 기분이 안 좋기도 합니다.
사람들은 누구나 성격이 좋은 사람을 원합니다.
본인은 그러하지 않으면서도 그런 사람을 좋아합니다.
아무도 성격이 나쁜 사람을 선호하지는 않습니다.
그렇지만 그런 성격을 지니기도 힘들고 성격이
좋다는 것은 오히려 본인에게 독이 될 수가 있습니다.
잘못하면 우울증이 걸릴 수도 있으니까요.
성격이 좋다는 것은 그만큼 인내하고 참는다는 것입니다.
사회생활을 오래 하다보면 성격이 좋을 수가 없습니다.
그런 사람에게 사용하는 표현입니다.

He is a handful.
그는 버거운 사람입니다.

사람은 모두 다 장, 단점이 있습니다.
성격이 좋은 사람은 일을 못하고 일을 잘 하는 사람은
성격이 지랄 맞고...
그렇습니다. 성격이 좋고 일 잘하는 사람도 있지만
그런 사람은 찾기가 힘들답니다.
남자나 여자도 그렇죠. 잘 생기고 이쁘면 성격이
안 좋고 성격이 좋으면 얼굴이 덜 이쁘고...오늘 한 번
거울을 보고 본인의 얼굴을 보세요.
버거운 사람인지 수월한 사람인지...

222 일차: I know what!

오늘의 간단한 영어 표현

사람들 사는 세상에는 고민거리가 많은 것 같습니다.
걱정도 많고 근심도 많고 친구를 만나면 항상 그런 고민
과 걱정에 대해서 이야기를 합니다. 이런 말이 있습니다.
아이들이 자라면서 언제 걷나? 언제 뛰나? 언제 말하나?
그러다보면 세월이 간다고...뭔가 고민에 쌓인 친구에게
뭔가 좋은 생각이 있을 때 사용하는 표현입니다.

I know what!
(있잖아) 이렇게 하면 어때? 좋은 생각이 있어.

직역하면 '나는 뭔가를 알고 있다' 라는 뜻입니다.
세상은 혼자 살아갈 수 없다고 합니다. 그것은 인간의 한
계성을 드러내기도 한답니다. 개인의 능력이 아무리 출중
해도 모르는 건 너무 많습니다. 그래서 전문가가 필요합
니다. 그래서 인간은 사회를 만들어서 서로 돕고 도와서
이만큼 살 수 있는 것 같습니다. 좋은 친구를 가지는 것은
힘들어도 좋은 친구만 있다면 인생은 보다 더 가치가 있
지 않을 까 생각합니다. 좋은 친구를 찾기 전에 본인이
좋은 친구인지를 살펴보는 하루가 되었으면 합니다.

223 일차: I am on duty.

오늘의 간단한 영어 표현

태양의 후예라는 드라마가 인기가 있었습니다.
드라마에 나오는 배우들이 너무나도 잘 생기고 이뻐서
드라마가 큰 인기였습니다.
남자배우가 장교로 나오는데요. 저도 군대생활을 장교로
했지만 장교라면 군대에서 일직근무를 서야 합니다.
밤에 사병들이 잘 지내도록 밤을 새우면서 관리를 해야
합니다. 일직사관이라고도 하는데요.
다음날 하루 쉬기도 하지만 부대마다 조금씩 달라서
어느 부대는 오전만 쉬기도 합니다.
낮과 밤을 바꾼다는 것은 몸에 많은 무리를 주는 것
같습니다. 근무를 서는데 친구한테 전화가 올 경우에
사용하는 표현입니다.

I am on duty.
나는 근무 중입니다.

부대에서 근무할 때 생각나는 것이 있습니다.
한 겨울에 근무를 서는데 밖의 온도는 영하 20도 이하로
떨어졌는데 체감온도는 30도 이하로 떨어졌습니다.
근무를 서는 사병들은 너무 추워서 옷을 10벌 정도
입고 나갑니다.
그래도 얼굴을 빨갛게 되고 몸은 얼어버린답니다.
그 시절이 힘들고 어려웠어도 지금 생각해보면 다
추억이 되고 그립기도 합니다.
그 때로 돌아갈 수 있다면 추워도 참을 만 할 텐데요.

우리의 청춘은 어디로 갔는지 바람도 몰라 하네요.

224 일차: I didn't mean to.

오늘의 간단한 영어 표현

사람이 살다보면 자기의 생각과 반한 말을 하게 되는
경우가 있습니다.
마음은 그러지 않았는데 행동이 따로 논다던가...
생각지도 않은 말들이 감정에 사로잡혀 나온다던가...
정말 뜻하지 않는 말들이 불현듯 나오게 되는
경우가 있습니다.
그럴 경우에 사용하는 표현입니다...

I didn't mean to.
그럴 생각은 아니었어요.

인간답다는 것은 인간은 실수를 하기 때문입니다.
너무 완벽한 사람은 인간미가 없다고 합니다.
한 번 뱉은 말은 도로 담아들 수가 없다고 합니다.
그래서 무슨 말을 하기 전에는 항상 5초만 생각해
보라고 합니다. 우연치 않게 한 말들이
거짓말이 되어버리는 경우도 있습니다.

그 때는 상황이 그랬는데 갑자기 상황이 바뀌어서
진실이 거짓말이 되는 경우가 있습니다.
그럴 때는

I didn't mean to tell a lie. 하시면 됩니다.
나는 거짓말을 할 의도는 없었습니다라고...

진심은 통한다고 합니다. 정직이 최선의 방책이라고
합니다. 세상은 단순하게 사는 것이 가장 좋은 것
같습니다.

아주 심플하게 살아 보는 하루가 되었으면 합니다.

225 일차: I am short-changed.

오늘의 간단한 영어 표현

한국 사람이 수학 잘하는 것은 유명합니다.
그런데요. 인도사람은 더 잘하는 것 같습니다.
왜냐고요? 우리는 구구단을 외우지만 인도 아이들은
19단까지 외운답니다.
외국 학교에서는 이런 풍경을 가끔 봅니다.
수학선생님이 아이들에게 질문을 합니다.
정말 간단한 계산 100달러에 500달러를 더하면 얼마니?
이런 질문들...그러면 한국아이들은 암산을 해서 600달러
라고 하지만, 현지 아이들, 백인들은 계산기를 꺼내고
두들기고 있습니다.
그래서요...상점에 가서 물건을 사면 꼭 거스름돈을
확인해야 합니다. 그런데 거스름돈이 모자를 경우
그 때 사용하는 표현입니다.

I am short-changed.
잔돈이 모자라요.

잔돈을 받은 손을 피면서 영수증과 같이
보여주시면 됩니다.
그러면 상점 직원이 다시 계산해서 돌려줍니다.
그들은 사람들을 잘 믿기 때문에 아니 문화가 그래서
아무런 의심하지 않고 다시 거슬러준답니다.
우리나라 사람들은 아주 빠르고 신속합니다.
그런 문화 속에서 살다보니 그렇게 된 것 같습니다.
하지만 백인들은 그러하지 못한 것이 대부분입니다.
빨리 하지 않아도 천천히 해도 되는 문화 속에서
사는 까닭인 것이겠지요.
시간에 쫓기어 사는 인생이 아니라
시간을 잘 사용하는 인생이 되었으면 합니다.

226 일차: It's up to you.

오늘의 간단한 영어 표현

사람들은 항시 선택과 결정을 해야 합니다.
특히 연애할 때는 오늘 뭐 할까 하는 고민을 많이 해봅니
다. 매일 영화보고 저녁 먹고 처음에는 재미가 있었는데
그것도 계속하다보면 질리게 되는 것 같습니다.
그래서 남자들이 피곤하지요. 뭘 할까 하며 계획도
짜 보지만...이렇게 뭔가 결정을 해야 할 때
아주 편하게 할 수 있는 표현입니다.

It's up to you.
당신에게 달려 있습니다.

그렇습니다...당신이 하는 데로 할 테니 하라는 거지요.
그 결정이 무엇이든지간에 그래서 회사에서
사장이라는 것이 쉬운 직업이 아닌 거겠지요.
선택과 결정.
그것은 피해갈 수 없는 인생의 두 단어입니다.

227 일차: That all depends.

오늘의 간단한 영어 표현

우리가 살아가는 세상은 예측불허의 세상입니다.
내일 무슨 일이 일어날지 아무도 모른다고 합니다.
가장 중요한 순간이 지금이라고 합니다.
내일은 지금 우리가 어떻게 사느냐...에 따라 결정이 된다
고 합니다. 이렇게 미래가 불확실한 세상에서
사용하는 표현입니다.

That all depends.
그건 상황에 따라 달라요.

그렇습니다. 무슨 일든지 간에 확실한 건 없습니다.
내일 일은 아무도 모릅니다. 하지만 그렇다고 손 놓고 있
을 수는 없는 일. 그래서 그냥 오늘 이 순간 최선을 다하
고 하고 싶은 일이 있다면 꼭 해보며 살아야 하지 않을 까
요? 내일 하늘이 부르면 가야 합니다. 우린 어쩔 수 없는
인간이니까요. 오늘 행복하게 살 수 있는
우리가 됐으면 합니다.

228 일차: Where's the fire?

오늘의 간단한 영어 표현

현대를 사는 사람들은 시간에 쫓기어 살아가고 있습니다.
시간을 지배하는 것이 아니라 시간에 서둘러 일을 하곤
합니다. 하루 종일 머리 가득한 일들에 느긋하게 차 한 잔
마실 여유도 많이 없는 게 현실입니다. 이렇듯 누군가가
무슨 일에 어디에 급히 갈 때 사용하는 표현입니다.

Where's the fire? 어디에 급히 가십니까?

일이라는 것이 해결을 해도 또 문제가 생기고 또 일이 생
기고 그러다 안 끝나면 내일 해야 하고...
그런데요 그런 일들도 있다가 없으면 그것도 문제랍니다.
그래서 남자들이 정년 퇴직하고 나서 몸이 아프다고 합니
다. 일이 없어도 문제 일이 있어도 문제,,,세상은 참 그렇
습니다. 오늘도 일에 치여 살아도 잠시 내가 누구인지를
되돌아보는 시간도 필요한 것 같습니다. 먹고 살려고 하
는 인생...돈을 위해서가 아니라 삶을 위해서 살아야 하지
않을까요. 오늘도 일이 나를 괴롭혀도 여유 있게
웃어줄 줄 아는 하루가 되었으면 합니다.

229 일차: Hold it a second.

오늘의 간단한 영어 표현

시간이란 아이는 정말 빨리 가는 것 같습니다.
올해가 시작된 지 얼마 안 되는 것 같은 데 벌써 4월이
되고 봄이구나 하는 순간 여름 날씨처럼 더워지고
있습니다. 그런 바쁜 시간 가운데 누군가가 말을
거는 경우 사용하는 표현입니다.

Hold it a second.
잠깐 기다리세요.

우리는 바쁘지 않은 가운데 바쁘게 사는 것 같습니다.
좀 더 여유롭게 살 만한 데 무언가에 쫓기어 사는 것 같습
니다. 그렇게 세월이 흐르다보면 1년이 가고 10년이 가고
마음은 아직도 청춘인데 몸은 그러하지 못하고 머리는 하
얘지는데 생각은 아직도 어리고 세월이 나를 그렇게 할지
라도 매일 열심히 사는 우리가 되도록 해야겠습니다.

230 일차: Do you know what I mean?

오늘의 간단한 영어 표현

뉴질랜드에서 AIS란 학교에서 정보공학을 배울 때였습니다. 프로그래밍 수업을 받는데 이라크에서 온 교수가 비주얼베이직을 가르쳤습니다.
이라크 수도인 바그다드 대학교를 나왔다는 교수는 억양이 참 특이했습니다. 그런데 수업은 그래도 잘 가르쳐서 수업이 재미있었습니다. 그런데 프로그래밍 수업이라 좀 까다로웠지요.
그 때 틈틈이 그 교수가 사용한 표현입니다.

Do you know what I mean?
내가 하는 말을 이해하니?

뭔가 코딩을 하고 돌리면 프로그램이 결과를 만들어냅니
다. 그것이 나올 때마다 재미있고 즐거웠지만 제대로 된
결과 값이 안 나올 때는 뭐가 문제인지 찾느라고
하루 종일 걸리기도 했습니다.
중간고사 때는 코딩에서 문제를 찾는 건데 이틀 내내
48시간 동안 찾았던 기억도 나기도 하였습니다.
그런데 그 다음부터는 그 시간이 단축이 되었답니다.
뭐가 잘못되었는지 경험이 쌓이다 보니까 쉽게 찾게
되었습니다.
여러분은 제가 한 이야기가 이해가 되시나요.
Do you know what I mean?

231 일차: I mean it.

오늘의 간단한 영어 표현

정직이 최선의 방책이라고 합니다. 무슨 일을 하든지 간에 정직하게 한다면 세상은 살기가 행복한 곳이 될 거라고 생각합니다. 하지만 온갖 거짓말과 위선으로 가득 찬 세상에서 정직만 하다면 남에게 좋은 먹잇감이 될 수가 있겠지요. 그러다보니 내가 진심으로 이야기 하는데도 믿지 않은 경우를 볼 수가 있습니다.
이렇듯 내가 한 말에 대하여 상대방에게 나의 마음을 보여줄 때 사용하는 표현입니다.

I mean it.
진심이에요.

진심은 통한다고 했습니다.
세상 사람들은 누구나 양심이 있고 사람이라면 상대방이 진심인지 아닌지를 알 수가 있습니다.
단지 그것을 부인하거나 모르는 척 하는 것뿐입니다.
그러한 진심이 가득 찬 세상을 오늘 한 번 꿈꾸어 봅니다.

232 일차: I am near-sighted.

오늘의 간단한 영어 표현

나이를 먹으면서 시력이 안 좋아지는 걸 느낍니다.
눈이 자꾸 침침하고 자주 피곤해집니다. 그럴수록 먼 곳
을 주시하라고 하던데요. 옛말에 '몸이 천 냥이면 눈이 구
백 냥'이라는 했습니다. 그만치 눈은 사람 몸에 있어서 중
요하고 그래서 두 개라고 한답니다.
몽고인들은 시력이 좋다고 합니다. 먼 곳을 아주 잘 본다
고 합니다. 그런데 그와 반대로 가까운 곳은 잘 보면서 먼
곳을 잘 못 보는 사람들이 주로 사용하는 표현입니다.

I am near-sighted. 저는 근시에요.

가까운 곳은 잘 보면서 먼 곳을 못 보는 사람들이 많은 것
같습니다. 당장 닥치는 일은 잘 보는데 먼 훗날 어떻게 할
지를 생각 안 하고 사는 사람들...미래보다 현재가 중요한
것 맞습니다. 하지만 내일을 생각 안 하고 오늘을 보낸다
면 미래는 희망이 없어 보일 것입니다. 미래를 내다보고
준비하는 현명한 우리가 되었으면 합니다.

233 일차: I can't thank you enough.

오늘의 간단한 영어 표현

우리는 수많은 관계 속에서 살고 있습니다.

그 관계 속에서 누군가에게 도움을 받기도 하고

도움을 주기도 하며 살아갑니다.

하루에 누군가에게 10번 정도 '감사합니다.'라는 말을

듣는 사람이 얼마나 될 까요?

누군가가 저에게 '감사합니다.'라고 하면 기분이 좋아집

니다. 그러면 또 누군가에게 그런 말을 듣기 위해서

신경과 배려를 쓸려고 합니다.

이렇듯 누군가가 정말 진심어린 배려로 나에게 다가올 때

사용하는 표현입니다.

I can't thank you enough.

뭐라 감사의 말씀을 드릴지 모르겠네요.

영어에서 가장 많이 사용하는 표현중의 하나가

thank you와 I am sorry입니다.

외국 사람이 개인주의라지만 그 개인주의는
남을 배려하는 개인주의입니다.
건물을 들어갈 때 문을 열고 들어가면서 뒤에 사람이
오면 외국 사람은 항상 기다려줍니다.
그러면 자연스럽게 '감사합니다.'라는 표현을 하게 됩니
다. 그건 그 사람이 친절해서가 아니라 바로 문화인 것입
니다. 그리고 자연스럽게 감사합니다. 라고 말을 하게 됩
니다. 누군가에게 감사합니다. 라는 말을 10번 듣는 것도
좋지만 누군가에게 감사합니다. 라고 10번 말을 하는 것
도 좋으리라 생각됩니다..
감사하는 마음이 가득 찬 우리 사회를 오늘 상상해
봅니다.

234 일차: I owe you one.

오늘의 간단한 영어 표현

사람이 살다보면 도움을 주기도 하고 받기도 한다고 했습니다. 이왕이면 항상 도움을 주어야 하는 사람이 되어야 하겠지만 우리는 부모님으로 부터는 항상 받고만 사는 것 같습니다. 이렇듯 도움을 주는 사람들에게 또는 분들께 단순히 고맙다. 라는 표현보다는 신세를 졌다는 말을 하고 싶을 때가 있지요. 다음에 갚겠다는 의미입니다. 그럴 때 사용하는 표현입니다.

I owe you one. 고맙습니다. 신세졌어요.

빚은 있으면 안된다고 생각합니다. 아니 빚을 지고 살면 안될 것 같습니다. 마치 숙제와 같은 거라 스트레스가 되어 버린답니다. 친구에게 돈을 빌려주지 말라는 말이 있습니다. 돈을 빌려주면 결국에 친구도 잃고 돈도 잃게 되니까요. 그래서 친구에게는 그냥 돈을 주어야 합니다. 그리고 잊어버려야지요. 친구에게 아무 사심 없이 돈을 줄려면 우리는 열심히 살아야겠지요. 그리고 평생 도움을 주시는 부모님께 감사하는 하루가 되었으면 합니다.

235 일차: I made it.

오늘의 간단한 영어 표현

사람들은 누구나가 목표를 가지고 삽니다.
학생들은 좋은 대학을 가기 위하여 공부하고 직장인들은
승진하기 위해서 열심히 일하고 처녀, 총각들은
좋은 배우자 만나기 위하여 열심히 자기 개발합니다.
그런 목표를 우리가 이루었을 때 사용하는 표현입니다.

I made it.
나 해냈어요.

뭔가 목표를 완수하면 기분은 매우 좋습니다.
마치 산을 올라가는 기분이랄까 그런 것이겠지요.
사람은 무언가를 위해서 삽니다.
부모는 자식이 잘 되기를 빌고 자식은 부모가 건강하기를
빌고 누구는 누구를 빌고 원하고 그런 목표를 이루고 나
면 우린 또 하나의 목표를 만들고 그렇게 사는 게
인생 같습니다. 멈추면 안 되는 청룡열차를 탄 우리...
오늘도 기차는 기적소리를 울리며 달려갑니다.

236 일차: That'll be the day.

오늘의 간단한 영어 표현

알 수가 없는 게 세상이라고 합니다.
내일 무슨 일이 일어날지 아무도 모릅니다.
그래도 인간은 자신이 제일 잘 낫다고 생각합니다.
토요일만 되면 복권을 사는 사람이 참 많습니다.
인생은 한 방이라는 사람들...
그런 사람들에게 사용하고 싶은 표현입니다.

That'll be the day.
그럴 일은 절대로 안 일어나

'그것은 그날에 있을 것이다.'라고 직역이 되는데요.
그 날은 기약할 수 없는 날로서 결국 그런 일이 일어날
확률이 없다는 의미로 쓰인답니다.
복권에 당첨될 확률이 번개 맞을 확률보다 낮다라는
말이 있습니다. 공부도 그러합니다. 한 만치 나온다고요.
노력한 만치 결과가 나오는 거랍니다.
항상 최선을 다하는 하루가 되었으면 합니다.

237 일차: Let's thumb a ride.

오늘의 간단한 영어 표현

유럽의 젊은 사람들은 혼자서 세계 여행을 하는 사람이
많다고 합니다.세계 여행하는데 1만 불 가지고 여행을 한
다고 했습니다. 항공료가 그중 거의 80퍼센트를 차지합
니다. 그리고 현지에 가면 도보여행을 합니다. 걷다가 힘
들면 히치하이킹을 해서 여행을 한답니다. 그런 아이들이
자기네들끼리 사용하는 표현입니다.
Let's thumb a ride. 무임승차하자.

그렇습니다. 히치하이킹할 때 엄지손가락을 들지요.
그런데요. 그렇게 여행하는 젊은이들은 1주일에 1번 정도
만 숙소에서 묵는다고 합니다. 그것은 여행 비용을 줄이
기 위해서입니다. 그래서 목욕을 거의 안 해서 불쾌한 냄
새가 난다고 합니다. 그래서 자동차를 태워주는 사람이
좀 곤란하다고 합니다. 그리고 타자마자 바로 잠이 들어
버린 다네요. 그런 젊은이들을 보면 '부럽다'라는 생각을
많이 했습니다. 왜냐고요. 그 용기가 부러워서입니다.
어떻게 그럴 수가 있을까 하는 생각을 해 봅니다.
한 번 사는 인생...그 젊은이들처럼 뭔가를 위해서
열심히 사는 하루가 되었으면 합니다.

238 일차: Stay cool.

오늘의 간단한 영어 표현

세상은 좋은 일 보다 나쁜 일이 더 많아 보입니다.
그래서 좋은 일이 더더욱 좋아 보이는 것 같습니다.
인생은 산을 올라가는 것에 비유합니다.
산을 올라가는 것은 힘들듯이 사는 것 자체도 힘이
듭니다. 그렇지만 정상에 올라가면 그 모든 것이 한 줄기
바람처럼 잊혀집니다. 이렇듯 어려운 일을 닥쳤을 때
힘든 일을 만났을 때 사용하는 표현입니다.

Stay cool. 진정하세요.

산이 있으면 계곡이 있고 평지가 있습니다. 어려울수록
정신을 차리고 진정해야 합니다. 그래야지 정상에 올라가
서 그 상쾌한 바람을 느낄 수가 있는 것입니다.
자그마한 행복을 위하여 거친 산이라도 우리는 올라가야
합니다. 거친 나물이 몸에 좋듯이 힘들 때 우리는 앞으로
다가오는 행복이 더 크다는 것을 잊지 않은
하루가 되었으면 합니다.

239 일차: You are too much.

오늘의 간단한 영어 표현

사람이 사는 데는 보이지 않는 선이 있습니다.
부모와 자식 간에 지켜야 하는 도리라든지
친구 간에 해서는 안 될 말들...
직장에서 지켜야 하는 규칙들
그리고 그 기준들...
그런데 그 기준을 무시하는 사람들이 있습니다.
그런 사람들에게 사용하는 표현입니다.

You are too much.
당신 너무 하는 군요.

우리는 그 기준을 너무 잘 알고 있습니다.
그러나 순간의 감정을 억제하지 못하여 그 기준을
넘어버리는 실수를 합니다.
엎질러진 물은 담을 수가 없듯이 우리네 말실수도
도로 담을 수가 없습니다.
언제나 냉정하게 선을 지키는 우리가 되었으면 합니다.

240 일차: The rain is picking up.

오늘의 간단한 영어 표현

봄이 와서 온 천지에 꽃이 가득한 것 같습니다.
처음에는 개나리가 노란 웃음을 선사하더니
진달래가 그 뒤를 이어서 분홍 치마를 내보이다가
이젠 철쭉이 빨간 입술을 보이고 있습니다.
그와 더불어 간혹 봄비가 하늘을 맑게 해 주고
있습니다.
그런 봄비가 마치 장마처럼 내릴 때 사용하는
표현입니다.

The rain is picking up.
빗발이 굵어지고 있습니다.

직역하면 '비가 줍고 있다.' 라는 뜻입니다.
비는 주울 수가 없겠지만 주울 수 있을 만큼
굵게 내린다는 의미인가 봅니다.
우리 인생도 이런 봄비처럼 굵은 희망이
되었으면 합니다.

241 일차: I am all thumbs.

오늘의 간단한 영어 표현

한국 사람들이 젓가락을 사용해서 손재주가 좋다고 합니다. 일본 사람이나 중국 사람도 똑같이 젓가락을 사용하지만 일본 사람과 중국 사람과 달리 한국 사람은
쇠 젓가락을 사용해서 손재주가 더 좋다고 합니다.
그리고 한국 사람들은 손이 작아서 더더욱 손재주가
좋다고 하네요. 그렇지만 한국 사람이라고 해도
다 손재주가 좋지는 않은 것같습니다.
그런 사람들이 사용하는 표현입니다.

I am all thumbs. 나는 손재주가 없습니다.

'나는 모두가 엄지손가락입니다.'라는 내용으로서 엄지손가락만 있다는 이야기입니다. 그래서 손재주가 없다는
내용이 되었습니다. 한국사람들이 손가락을 많이
이용해서 머리 회전이 잘 된다고 합니다.
오늘 숟가락으로 밥을 먹지 말고 젓가락으로 밥을 먹어
보는 하루가 되었으면 합니다.

242 일차: Bottoms up.

오늘의 간단한 영어 표현

우리가 친구들을 만나면 술을 마시러 갑니다.
그러면 우린 꼭 건배를 하자고 합니다.
건배란 잔을 비운다는 이야기입니다.
마를 건 자에 잔배 자를 사용합니다.
그걸 영어로 우리는 원샷이라고 사용하는데요.
뭔가 어색해 보이지요.
그걸 현지인들은 다음과 같이 표현한답니다.

Bottoms up.
잔을 비웁시다.

술이라는 것이 마실 땐 기분이 좋지만 마신다음에는
머리도 아프고 속도 쓰리고 그런 존재입니다.
그래서 적당히 마셔야 하는데요.
그러려면 굉장한 자제심이 필요합니다.
그래서 다 비우지 말고 자기 주량 껏 마시는
그런 현명한 우리가 되었으면 하네요.

243 일차: Stop beating around the bush.

오늘의 간단한 영어 표현

우리가 대화를 하다보면 격한 표현도 사용하기도
하지만 완곡어법도 사용하기도 합니다.
때로는 비속어나 강한 어투로 말하는 것은 상대방에게
불쾌감을 줄 수가 있습니다.
그리고 뭔가 핵심을 말하지 않고 자꾸 주위만 맴돌면
그것도 참기가 쉽지가 않습니다.
그렇게 말을 돌려서 하는 사람에게 사용하는 표현입니다.

Stop beating around the bush.
말 돌려서 말하지 마세요.

직역하면 관목 근처만 치는 것을 멈추라는 이야기입니다.
핵심은 말하지 않고 말을 돌린다는 말입니다.
어차피 말할 것이라면 속 시원하게 말하는 것도
대화의 전략이라고 생각이 됩니다.
부탁할 일이 있으면 바로 이야기 하면 되지...말을 돌린다
고 결과가 달라지는 것 같지는 않습니다. 말도 그렇고
행동도 시원하게 하는 하루가 되었으면 합니다.

244 일차: I can read you like a book.

오늘의 간단한 영어 표현

'포커페이스'라는 말이 있습니다.
속마음이 잘 드러나지 않는 사람을 일컫는 말입니다.
사람들 만나다 보면 기쁘나 슬프나 얼굴 표정이 달라지지
않는 사람들을 보면 무슨 말을 할 지 잘 모를 때가 있습니
다. 대화라는 것이 상대방 표정 봐 가면서 하는 건데요.
그런데 어떤 사람들은 얼굴이 확 티가 나는 사람이 있습
니다. 그런 사람들에게 사용하는 표현입니다.

I can read you like a book.
당신의 마음을 읽을 수가 있습니다.

무엇이 좋고 나쁘고는 없는 것 같습니다. 얼굴표정이 읽
힌다고 해서 좋을 것도 없고 안 읽힌다고 좋을 것도 없는
것 같습니다. 모두 다 성격 탓도 있는 것 같고요. 환경의
영향도 받았겠지요. 그렇지만 단순한 게 제일 좋은 것 같
습니다. 좋으면 좋고 싫으면 싫은 그런 표정...좋을 걸 싫
다고 하는 것도 그렇고 싫은 걸 억지도 좋다고 하는 것도
별로 좋은 건 아닌 것 같습니다. 지구가 둥글듯이 우리도
그렇게 둥글게 사는 하루가 되었으면 하네요.

245 일차: I got mixed up.

오늘의 간단한 영어 표현

나이를 먹으면서 건망증이 심해지는 것 같습니다.
아니 생각하고 싶지 않아서인 것 같습니다.
기억이라는 것이 잊고 싶은 게 있으면 잊어야 하는데 너무 기억이 잘 나는 경우가 있습니다. 그런데 기억하려고 하면 기억이 전혀 나지 않기도 합니다. 그래서 메모하는 습관이 중요하다고 합니다. 친구랑 만나기로 했는데 시간을 잘못 알아서 나가는 경우에 사용하는 표현입니다.

I got mixed up. 제가 착각했어요.

우리말에 이런 표현이 있습니다. 머리가 뒤죽박죽이라고요. 온통 잡생각이 많아서 생각해야 할 것을 생각 못하는 경우입니다. 그래서 사실이 아닌데 사실인 것처럼 착각하는 경우가 있답니다. 꿈과 현실은 종이 한 장 차이 같습니다. 우리가 사는 이 세상도 어쩌면 우리가 꾸는 꿈의 한 편일수도 있는 것입니다. 그래도 열심히 사는 하루가 되었으면 합니다.

246 일차:Are you teasing me?

오늘의 간단한 영어 표현

칭찬은 고래도 춤을 추게 한다고 하였습니다. 누군가에게 잘 한다고 하면 더더욱 잘 한다고 합니다. 하지만 모든 사람들이 그러한 건 아닙니다. 누군가에게는 따끔한 충고도 필요하고 매도 필요합니다. 그렇지만 상대방에게 배려하는 충고는 괜찮지만 상대방을 인격적으로 무시하는 발언은 금해야겠습니다. 그렇게 누군가가 본인의 단점에 대해서 이야기 할 때 사용하는 표현입니다.

Are you teasing me? 지금 놀리시는 거예요?

우리들은 눈에 보이지 않은 경쟁 사회에 살고 있습니다. 그래서 상대방보다 항상 앞서려고 합니다. 그리고 상대방의 기를 꺾기 위해서 서슴지 않게 상대방을 무시하거나 놀리기도 합니다. 그렇게 한다고 당장은 시원하고 좋겠지만 세상은 그 화살이 언젠가는 다시 돌아온다는 것을 기억해야 할 것입니다. 상대방을 위한 배려와 사랑이 언젠가 본인에게 돌아온다는 것을 명심하면서 좀 더 넓은 시야와 가슴을 가지는 사람이 되었으면 합니다.

247 일차: My lips are sealed.

오늘의 간단한 영어 표현

친구사이에는 비밀이 없다고 합니다.
부모님께 못할 말도 친구사이에선 주고 받습니다.
그런데 그 친구사이가 깨질 때 곤란한 경우를 겪기도
한답니다. 그래서 친구사이에도 할 말과 안 할 말을
구분해야 할 것 같습니다.
그런데 그게 사실상 쉬운 게 아닙니다.
친구한테 비밀이야기를 듣고 나서 사용하는 표현입니다.

My lips are sealed.
나 입 꼭 다물 게...

정말 친구라면 그 이야기를 들은 후에 잊어버리는 게
좋을 것 같습니다.
비밀이야기는 아무도 몰라야 비밀인 것입니다.
친구라고 해서 그것을 알고 있다면 나중에 좋은 것이
하나도 없습니다. 비밀은 비밀입니다.

248 일차: You are so selfish.

오늘의 간단한 영어 표현

최근에서야 중국에서도 1가정1아동 정책을 포기했다고 합니다. 노령사회로 접어들면서 아이 한 명이 부양해야 할 가족 수도 늘어나고 몰래 아이를 더 낳은 가정도 있어서 인 것 같습니다. 무적자라고 해서 호적에 올리지 못하고 길거리를 배회하는 아이들이 많다고 합니다. 그래서인지 중국에서는 아이들이 부모님의 사랑을 너무 받아서 남을 이해 하려고 하지도 않고 오직 자기 밖에 모른다고 합니다. 그런 사람들에게 사용하는 표현입니다.

You are so selfish. 당신은 참 이기적이군요.

자기만 할고 자기 것만 챙기는 것은 별로 좋은 것이 아닙니다. 사람들은 누구나 눈이 있고 귀가 있습니다. 누군가가 자기만 안다면 좋아할 사람은 아무도 없습니다. 누구나 남을 배려하고 남을 사랑하는 사람을 좋아합니다. 그래서 남을 배려하고 도와주는 것이 결국 자기를 배려하고 도와주는 거라는 것을 알아야 할 것 같습니다. 세상엔 너무 똑똑한 사람이 많습니다. 우리도 현명한 사람이 되어야 할 것 같습니다.

249 일차: You are out of line.

오늘의 간단한 영어 표현

차도에도 선이 있습니다.
차도에서 차를 몰 때 우리는 차선을 지켜야 합니다.
그리고 자기 차선을 항상 유지해야 하고 차선을 바꾸려면
상대방의 양해를 구하기 위하여 깜빡이를 켜야 합니다.
그러하듯이 우리가 사는 사회도 선을 유지해야 합니다.
그런데 그러한 선을 넘는 사람들이 있습니다.
그런 사람들에게 사용하는 표현입니다..

You are out of line.
말이 지나치시는군요.

직역하면 당신은 선 밖에 있습니다.
부부사이에도 친구사이에도 선이 있습니다.
우리는 그 선이 무엇인지 알고 있습니다.
그 선을 유지해야지 우리 인간 관계가 원활하게 되는 것
입니다. 특히 가까울수록 선을 유지해야 한다는 것을
명심하는 하루가 되었으면 합니다.

250 일차: Where were we?

오늘의 간단한 영어 표현

때론 혼자 있고 싶을 때가 있습니다. 하지만 인간이라는 게 사회적 동물이라 사람들 사이에서 있어야 또 행복을 느낍니다. 친구를 만나고 이야기 하다보면 옛날 생각도 나고 시간 가는 줄 모르고 이야기를 한답니다. 그러다보면 이야기를 하는데 중간에 무슨 이야기를 했는지 깜박할 때가 있습니다. 그럴 때 사용하는 표현입니다.

Where were we? 어디까지 이야기 했더라.

직역하면 우리가 어디에 와 있었지요? 하는 겁니다.
그런데요...무슨 이야기를 했느냐가 중요한 것 같지는 않습니다. 그 시간이 중요한 겁니다. 친구랑 만나서 이야기하는 시간...짧은 시간이지만 뭔가 사색에 잠기고 그리움이 배어 있는 시간입니다.그래서 사람들이 친구를 만나는 것 같습니다. 오늘은 오랜 시간 같이 만난 친구를 만나 못다 한 우리의 이야기를 했으면 합니다.
소주 한잔과 추억 그리고 흘러간 기억들...

251 일차: It's time to retire.

오늘의 간단한 영어 표현

흐르는 세월은 누구도 막을 수가 없다고 합니다.
직장에 입사할 때가 엊그제 같은데 세월이 흘러서
퇴직해야 할 때가 된 사람들이 사용하는 표현입니다.

It's time to retire.
퇴직할 때가 된 것 같습니다.

정년 퇴직은 아무나 하는 게 아닌 때가 되었습니다.
정년이 되기 전에 중간에 나가는 사람이 많아졌습니다.
회사가 어려워서 국가가 힘들어서 사람들이
직장에서 나와 차가운 사회로 밀려나오고 있습니다.
국가가 잘 살아야지 회사가 살고 그래야 개인이
잘 사는 구조로 되어 있는 우리 한국...
경제 민주화로 얼어붙은 경제가 풀리는 올해가
되었으면 합니다.

252 일차: Over my dead body!

오늘의 간단한 영어 표현

하루 중에도 우리는 많은 일에 대하여 찬성 또는
반대를 해야 합니다. 드라마를 보다보면 나이 드신 부모
가 아이의 결혼 문제로 갈등을 겪는 경우를 보게 됩니다.
결혼 반대를 하시는 아버지가 하는 말씀이 있지요.

Over my dead body! 내가 죽기 전엔 안 돼!

내 눈에 흙이 들어가기 전에는 절대로 안 된다는
내용입니다. 그렇게 심하게 반대를 해도 드라마에서는
꼭 결혼을 하게 되고 성공을 한다는 내용이 많습니다.
그러나 현실에서는 그렇지가 않은 경우가 많습니다.
드라마는 드라마일 뿐...그런데요 세상은 이렇게 보느냐
저렇게 보느냐에 따라 달리 보인답니다.
무조건 반대를 할 것이 아니라 입장을 달리 생각해
보는 지혜가 필요할 것이라고 생각이 듭니다.
감정보다는 이성으로 판단하는 슬기로운 지혜가
가득 찬 하루가 되었으면 합니다.

253 일차: He is not a good listener.

오늘의 간단한 영어 표현

사람들은 나이가 들면서 고집이 세진다고 합니다. 어렸을 때는 어른 말을 듣거나 교육을 받아야 했지만 어른이 되어서는 자기의 생각을 가지고 주관적으로 움직이는 주체가 됩니다. 하지만 세상은 계속 변하기 때문에 거기에 맞추어서 개인도 매일 변해야 하고 공부를 해야 합니다. 그런데도 옛날의 생각과 자기의 고집을 가지는 사람들에게 사용하는 표현입니다.

He is not a good listener. 그는 꽉 막힌 사람입니다.

사람들을 만나면 많이 이야기 하지 말고 들으라고 합니다. 잘 듣는 사람이 필요한 사회에 살고 있습니다. 그렇지만 나이를 먹으면 자기 이야기만 하게 됩니다. 남의 말은 듣지 않고 혼자만 이야기 하게 됩니다. 그건 대화라고 할 수가 없습니다. 하지만 사회에서 우리가 우리의 목소리를 내려면 먼저 다른 사람의 이야기를 들어야 하는 자세가 선행이 되어야 하지 않을까 하는 생각을 해 봅니다.

254 일차: He is so spoiled.

오늘의 간단한 영어 표현

어렸을 때 학교에서 보면 꼭 말썽 피우는 아이가 하나씩
있었습니다. 생각이 없는 건지 그렇게 배운 건지 제 멋대
로 사는 아이들...그런 아이들이 크면 달라지는 것이
없답니다. 그런 아이들에게 사용하는 표현입니다.

He is so spoiled.
그는 제 멋대로 입니다.

나이를 먹으면 좀 달라지려나...하지만 나무는 떡잎부터
알아본다고 했습니다. 어렸을 때 제멋대로인 사람은
어른이 되서도 마찬가지입니다.
그래서 결혼하기 전에 문제가 있는 사람은 결혼해도
똑같다고 합니다. 결혼하면 달라진다는 그 말 속으면
안 되겠습니다. 그러나 속고 속이는 세상...
아니 속아주는 세상에 우리는 살고 있지 않나
생각해 봅니다.

255 일차: You are still the same.

오늘의 간단한 영어 표현

사는 게 바쁘다보니까 친구를 볼 시간이 많이 부족한 게
현실인 것 같습니다. 그래서 정말 친하지 않으면
1년에 한 번 보기도 힘듭니다.
그런 친구를 우연히 길거리에서 본다면
그 것은 운이 참 좋은 것이겠지요.
그런 친구를 볼 때 사용하는 표현입니다.

You are still the same.
하나도 안 변했네요.

세월이 흘렀는데 마치 뱀파이어처럼 하나도 변하지
않은 사람들을 간혹 가다 보게 됩니다.
그건 자기관리를 그만큼 잘 했다는 것입니다.
자기 관리를 잘 했다는 것은 그 만큼 인생을 열심히
살았다는 것을 반증하는 것입니다.
오늘 거울을 통해서 얼마나 자기 관리를 잘 했는지
반성해 보는 하루가 되었으면 합니다.

256 일차: I want to make a fresh start.

오늘의 간단한 영어 표현

모든 일에는 시작과 끝이 있습니다. 끝이라 생각할 때 비로소 시작이 다시 되는 겁니다. 유종의 미라는 말이 있습니다. 끝을 잘 맺으라는 겁니다. 끝이라고 대충 해서는 안 된다는 것입니다. 그것은 끝이 안 좋은 사람은 시작도 좋을 수가 없다는 겁니다. 우리가 뭔가를 끝맺고 새롭게 시작하려고 할 때 사용하는 표현입니다.

I want to make a fresh start.
새롭게 시작하려고 합니다.

모든지 다시 시작한다는 것은 쉽지가 않습니다.
그래서 사람들이 나이가 먹으면 보수가 된다고 하는가
봅니다. 이미 해 왔던 것들만 계속 하는 겁니다.
변화를 싫어하는 겁니다. 아니 변화를 두려워하는
겁니다. 나이를 먹어서 사업하다 실패하면 정말 답이
없기 때문입니다. 주어진 생활이 지루하고 재미가 없어도
감사하면서 사는 하루가 되었으면 합니다.

257 일차: You look fresh as a daisy.

오늘의 간단한 영어 표현

사람의 얼굴을 보면 그 사람의 근황을 알 수 있다고
합니다. 좋은 일이 있으면 얼굴이 꽃처럼 반짝인답니다.
그러나 안 좋은 일이 있으면 마치 먹구름이 낀 것처럼
보인답니다. 우리가 친구가 좋은 일이 있어서
달덩이처럼 환할 때 사용하는 표현입니다.

You look fresh as a daisy.
아주 좋아 보이네요.

마치 데이지 꽃처럼 신선하게 보인다는 겁니다.
그렇게 꽃같이 보이니 얼마나 좋으면 그럴까요?
매일 좋을 수는 없지만 그래도 매일 좋을 거라는
생각으로 아침을 시작했으면 합니다.
오늘 당신은 거울을 보면서 주문을 외워보세요
나는 한 송이 꽃 같다고요.

258 일차: I am sick as a dog.

오늘의 간단한 영어 표현

요즘 날씨가 심심하면 황사니 미세먼지니 하면서 사람들
을 괴롭힙니다. 건강관리가 필요한 시기라 생각됩니다.
사람이 살면서 매일 건강할 수는 없습니다. 어느 날,
컨디션이 별로 좋지 않을 때 사용하는 표현입니다.

I am sick as a dog.
몸이 별로 좋지 않아요.

나는 개처럼 아프다는 의미입니다.
개들이 아프면 정말 보기가 안 좋습니다.
그냥 깽깽 거리는데 대화가 안 되니 어디가 아픈지 알 수
가 없는 겁니다. 그러나 사람이 아프다는 것은 큰 병이
오기 전에 경고 메시지라고 생각이 됩니다.
잔병이 많은 사람은 큰 병에 걸리지 않는다고 합니다.
그만치 매일 조금씩 아픈 사람은 건강관리에 매일 신경을
쓰기 때문입니다. 날씨가 안 좋은 요즘 건강관리에
신경 쓰는 하루가 되었으면 합니다.

259 일차: Have you met before?

오늘의 간단한 영어 표현

하루에도 우리는 많은 사람을 만납니다.
매일 만나는 사람도 있지만 어쩌다 우연히 만나는
사람도 많습니다. 그런 사람 중에서 얼굴이 익은
사람이 있습니다. 그런 사람들을 만났을 때
사용하는 표현입니다.

Have you met before?
우리 전에 만난 적 있나요?

모든 사람을 기억할 수는 없습니다.
하지만 꼭 기억해야 할 사람이 있다면 항상 만나도록
해야 할 것 같습니다.
바쁜 세상 바빠도 보고 싶은 사람은 꼭 보고
사는 우리가 되었으면 합니다.

260 일차: She blew me off.

오늘의 간단한 영어 표현

사람은 누구나 사랑받기 위해 태어났다고 합니다.
그러나 현실은 그러하지가 못하는 것 같습니다.
좋아하는 사람이 있지만 말을 못 건네다가 용기를
내어서 말을 건네는 경우가 있습니다.
그래도 혹시나 했는데 역시나...그녀에게 돌아오는 건
찬 바람일때 사용하는 표현입니다.

She blew me off.
그녀는 저를 푸대접합니다.

세상에 어디 쉬운 게 있나요? 반복의 규약이라는 게 있답니다. 여자들도 3번은 거절한다고 합니다. 거절하는 것도 분위기가 있습니다. 예의상 거절하는 건지 정말 싫어서 거절하는 건지 인간이면 누구나 알 수 있는 직감이라는 게 있습니다. 처음부터 오케이 하는 여성은 하나도 없는 것 같습니다. 무언가를 할 때는 항상 3번은 안된다고 생각하고 최선을 다하는 하루가 되었으면 합니다.

261 일차: You look better than ever.

오늘의 간단한 영어 표현

뭔가 좋은 일이 있으면 얼굴에서 보인다고 합니다.
아무리 숨기려고 숨길 수 없는 감정이나 기분이 얼굴에
써 진다는 것은 모든 사람이 지니는 특성입니다.
물론 포커페이스라고 해서 전혀 몰라보는 사람도 있지만
요. 점점 나이를 먹으면서 세상 살이에 무감각해지는 것
도 그 이유인 것 같습니다.
우리가 길을 가다가 뭔가 좋 일이 있는 친구를 만나면
사용하는 표현입니다.

You look better than ever.
얼굴 좋아 보입니다.

직역하면 지금까지보다도 더 나아 보인다는 것입니다.
금상첨화라고 했지요. 좋은 일 다음에 또 좋은 일이 오는
경우에 사용하는 말인데요. 그래서 긍정의 힘이 강하다고
합니다. 잘 될 거라는 믿음이 결국 잘 되는 결과가 나온다
는 것을 꼭 기억하는 하루가 되었으면 합니다.

262 일차: Where are you heading?

오늘의 간단한 영어 표현

뉴질랜드 후이아에서 있었을 때입니다.
필리핀에서 영어선생님을 했다는 아줌마랑
키위 아저씨랑 오클랜드에 있는 산에 간 적이 있습니다.
그 때 필리핀 아줌마가 저에게 가르쳐 준 표현입니다.

Where are you heading?
어디 가는 중이에요?

보통은 where are you going? 이라고 합니다.

그런데 같은 표현을 매일 사용하다 보면 지루함을
느낍니다.
그래서 어디로 머리가 향하고 있니? 라는 표현
즉 어디 가는 중이니 하는 다른 표현입니다.
지금은 뉴질랜드에서 잘 살고 있으려나?
하는 생각을 해 봅니다.

263 일차: Same old, same old.

오늘의 간단한 영어 표현

사람들 살아가는 것이 누구나 다르다고 생각하지 않습니다. 저마다의 일터에서 저마다의 꿈을 꾸면서 살아가는 겁니다. 하루에 매일 반복되는 일상이 그게 1달이 되고 1년이 되고 그러다 보면 10년이 가는 거랍니다.
이런 생활 속에서 누군가를 만나서 사용하는 표현입니다.

Same old, same old.
늘 똑같지 뭐...

매일 똑같은 시간 그게 지루하기도 하지만 그런 반복적인 생활은 결국에 안정이 된 삶이라는 것을 의미하기도 합니다. 사람들은 뭔가 새로운 것을 원하고 일탈을 꿈꾸기도 합니다. 뭐 달라진다고 얼마나 달라지겠습니까?
주어진 삶속에서 주어진 인생을 행복하게 살 수 있도록 우리가 생각하면 되는 것 같습니다. 늘 똑같지만 그 안에서 우리는 보석 같은 시간을 찾을 수가 있는 겁니다.

264 일차: I have always wanted to meet you.

오늘의 간단한 영어 표현

인간은 사회적 동물이라 매일 사람들을 만나고 헤어집니
다. 그러다 우연한 자리에서 동료의 친구라든가
친구의 친구를 만나게 될 때 사용하는 표현입니다..

I have always wanted to meet you.
꼭 한 번 뵙고 싶었습니다.

인사로 하는 이야기입니다. 얘기 많이 들었습니다. 라고
하면서 한 번 만나 뵙고 싶었는데요. 라고 합니다.
그런데요, 정말 만나고 싶어서 만나는 것 같지는
않습니다. 그냥 인사로 하는 이야기입니다.
사람들은 너무 형식에 얽매인다고 생각합니다.
마음에 없는 말도 서슴지 않고 하기도 하고 물론
악의로 하는 건 아닙니다.
그냥 사회인으로서 사회 생활하는 요령입니다.
여러분도 꼭 만나고 싶은 사람이 있다면 꼭 만나보는
하루가 되었으면 합니다.

265 일차: It's hard to decide.

오늘의 간단한 영어 표현

인생은 선택이라고 했습니다.
매일 우리는 선택을 해야 하고 선택을 따라가야 합니다.
그 선택이 잘못되었어도 선택을 바꾸는 건 쉽지가
않습니다. 그리고 또 다른 선택을 하게 됩니다.
이렇게 뭔가를 선택하는데 힘들 때 사용하는 표현입니다.

It's hard to decide.
결정하기기 힘듭니다.

선택은 힘들지만 그 선택에 대해서 후회를 해서는
안 될 것 같습니다.
후회를 한다면 또 다른 선택을 하기가 쉽지가 않기
때문입니다.
선택의 순간에 올바른 선택을 위해서 우리는 많은
생각과 고민이 필요하다는 생각이 듭니다.
후회 없는 선택을 하는 오늘이 되었으면 합니다.

266 일차: You hit the spot.

오늘의 간단한 영어 표현

사람들과 이야기를 하다보면 본질에서 벗어나
빙빙 도는 사람들을 보곤 합니다.
핵심을 말하지 못하고 자꾸 겉도는 사람들이 있는
반면에 정확하게 핵심을 짚어내는 사람들이
있습니다. 그런 사람들에게 사용하는 표현입니다.

You hit the spot.
정곡을 찌르시는군요.

그런데요, 언제나 정확하게 핵심을 찔러대는 것도
보기는 그렇게 좋아보이지가 않습니다.
그냥 인간적이지 못하다고 할까요?
때로는 실수도 하고 놓치는 것도 있는
인간적인 면도 필요로 하는 것 같습니다.
그러니까 사람이겠지요.
우리 오늘 인간답게 살아보도록 합시다.

267 일차: I am still talking.

오늘의 간단한 영어 표현

대화에는 일정한 규칙이 있습니다. 상대방이 말 할 때는
자기 순서를 기다리는 겁니다. 그리고 상대방이 기분
상하지 않을 만큼 말을 끊어서 이야기를 해야 합니다.
무턱대고 자기 말만 하는 사람들은 대화에서 좋은 이미지
를 주지 못합니다. 대화에서 이렇게 말을 중간에 끊는
사람들에게 사용하는 표현입니다.

I am still talking.
내 말 끝까지 들어보세요.

직역하면 '내가 여전히 말하고 있는 중'이라는 표현입니
다. 대화라는 것은 서로가 자기 이야기를 하는 것입니다.
어느 정도 상대방에게 배려를 하면서 자기 이야기를
하는 것입니다. 자기 말만 하고 이야기를 끝내는 사람들
이 간혹 있다는 것이 우리 인간관계에서 좋지 않은
모습을 보는 것 같습니다.
오늘 상대방에게 배려하는 하루가 되었으면 합니다.

268 일차: I am always tired.

오늘의 간단한 영어 표현

봄날은 가고 초여름의 날씨를 넘어서 마치 한여름에 서 있는 것 같습니다. 그럴수록 건강 관리를 잘 해야 할 것 같습니다. 오늘은 오존주의보가 내려졌습니다.
아직 5월인데...날씨가 참 걸쩍지근합니다.
이런 날씨에 나이가 조금 드신 분들이 사용하는
표현입니다.

I am always tired.
쉽게 피곤해져요.

세월은 누구도 막을 수가 없답니다. 쉽게 피곤해지고 쉽게 아플 수가 있습니다. 이런 날씨에는 무리하게 외출을 삼가고 적당한 수분과 휴식이 필요하다고 생각을 합니다. 오늘은 일요일...가족과 함께 집안에서 쉬는 게 어떨까요? 가족들이 야외에 가자고 조른다고요?
요즘 가장들은 힘이 없답니다. 그럼, 나가셔야지요.

269 일차: I am in the doghouse.

오늘의 간단한 영어 표현

남자들은 바깥사람이라 하고 여자들은 안사람이라고 합니다. 그건 남자들은 밖에서 돈을 벌어 와야 하고 여자들은 집안에서 그 돈을 가지고 알뜰히 생활해야 하기 때문입니다. 그런 남자들이 직장에서 자기 자리를 잃었을 때 남자들이 사용하는 표현입니다.

I am in the doghouse. 개밥신세야.

우리가 체면이 구겨지고 갈 때가 없으면 개구멍이라도 들어가야 한다고 합니다. 그런 표현이 영어에서는 '나는 개집안에 있다.' 라는 표현을 사용합니다. 과거에 남자들은 돈만 잘 벌어오면 그만이었지만 요즘은 남자들이 유틸러티맨이 되어야 합니다. 돈도 잘 벌어야 하고 가끔 요리도 하고 청소도 하고 그만치 여성들도 사회 생활을 많이 한 이유이기도 합니다. 그리고 예전처럼 남자들의 지위는 높지가 않는 이유이기도 합니다. 그래도 남자는 남자입니다. 어깨 쭉 피고 사는 하루가 되었으면 합니다.

270 일차: It was Greek to me.

오늘의 간단한 영어 표현

뉴질랜드에서 정보 공학을 공부할 때였습니다. 같이 수업을 듣는 학생들 중에는 인도 학생들이 많았습니다. 인도 학생들끼리 이야기할 때 옆에 있는 경우가 많았습니다. 그들이 무슨 이야기를 하나 가만히 듣고 있다고 어느 순간에 전혀 알아 듣지 못하는 경우가 있었습니다. 그들은 영어를 말할 때도 인도 억양으로 이야기를 했기에 영어인 줄 알고 들으면 영어가 아니었습니다.
그럴 경우에 사용하는 표현입니다.

It was Greek to me. 무슨 말인지 모르겠어요.

직역하면 나에게 그것은 그리스어라는 것입니다. 외국어는 알아 들을 수가 없는 것입니다. 그리스어를 전혀 모르는 이에게 그리스어는 언어가 아닙니다. 언어는 의사소통을 위해서 나온 것입니다. 일반 사회 생활 속에서도 알아 듣지 못하는 언어를 구사하는 사람들이 있답니다. 한국어는 한국어인데 전혀 문맥이 안 맞고 앞 뒤 잘라서 몸통만 이야기 한다면 누가 알아듣겠습니까? 서로 의사소통하면서 재미있게 사는 하루가 되었으면 합니다.

271 일차: You are the apple of my eye.

오늘의 간단한 영어 표현

사람들은 누군가를 위해서 삽니다.
부모를 위하여 열심히 노력하는 사람이 있는가 하면
여자 친구를 위해서 열심히 돈을 버는 남자가 있고
자식들을 위해서 밤늦게까지 일하는 아빠도 있습니다.
그런 사람들에게 있어서 소중한 사람들에게
사용하는 표현입니다.

You are the apple of my eye.
당신은 눈에 넣어도 아프지 않을 사람입니다.

여기서 apple은 눈동자라는 의미입니다.
고대 사람들이 사과를 눈동자처럼 소중하게 생각했다는
의미입니다. 당신은 나의 눈에 눈동자라는 의미로서 소중
한 사람이라는 것입니다. 이렇게 소중한 눈동자를 줄 수
있는 사람이 있다면 아마도 여러분들은 행복한 사람일 것
입니다. 그러한 소중한 사람을 위해서
오늘도 열심히 살도록 합시다.

272 일차: Are you pulling my leg?

오늘의 간단한 영어 표현

모르는 건 죄가 아닙니다. 모르면 물어보고 알면 됩니다.
하지만 사회 생활 속에서 우리는 모른다고 무시하는 사람
들을 보곤 합니다. 자기도 처음부터 알았던 것이 아니면
서 먼저 사회 생활했다고 먼저 경험했다고 상대방을 놀리
고 무시하는 사람들에게 사용하는 표현입니다.

Are you pulling my leg?
저를 놀리시는 건가요?

직역하면 당신은 나의 다리를 당기시나요? 라는 표현입니
다. 누군가를 놀릴 때 상대방의 다리를 당기는 것에서 유
래했나 봅니다. 모르는 건 어쩔 수 없지만 노력을 안 하고
모른다고 하는 것은 문제가 있다고 생각합니다.
노력해서 안 되는 건 별 수 없지만 미리 포기하는 사람은
결코 바람직하지 않다고 생각합니다.
오늘도 열심히 노력하는 하루가 되었으면 합니다.

273 일차: You look under the weather.

오늘의 간단한 영어 표현

하루의 기분은 아침에 결정된다고 합니다. 아침에 일어났을 때 기분이 하루 종일 가는 경우가 많습니다. 이런 기분은 그 날 날씨에 영향을 많이 받습니다. 날씨가 흐리면 기분이 안 좋아 보이기도 합니다.
이런 흐린 날 길을 가다가 아는 사람이 기분이 꿀꿀해 보일 때 사용하는 표현입니다.

You look under the weather.기분이 안 좋아 보이네요.

직역하면 당신은 날씨 아래에 있어 보인다라는 말입니다. 영어에서도 사람의 감정을 나타내는 것은 수동태를 사용합니다. 그것은 사람의 감정은 외부 환경에 영향을 받기 때문입니다. 인간은 사회적 동물이라 어쩔 수 없이 주위에 영향을 받습니다. 그런데요..본인의 기분은 타인의 기분에 영향을 받습니다. 가족이 즐거우면 본인도 즐거워집니다. 그걸 거꾸로 이야기하면 본인이 기분 좋아한다면 가족이 기분이 좋아지고 그러면 본인은 더 기분이 좋겠지요. 오늘도 긍정의 힘을 믿고 행복하게 웃으며 시작했으면 합니다.

274 일차: I don't know what to say.

오늘의 간단한 영어 표현

세상은 항상 이분법으로 나누어지는 건 아닌 것 같습니다. 좋은 일과 나쁜 일이 절반씩 일어나지는 않습니다. 어떻게 보면 안 좋은 일이 좋은 일보다 더 많은 것처럼 느껴집니다. 하지만 뭐가 좋은지 뭐가 나쁜지의 기준이 어떠냐에 따라서 달라질 거라는 생각을 합니다. 전혀 기대를 하지 않았는데 뭔가 좋은 일이 생기면 그 기쁨은 이루 말할 수가 없는 겁니다. 그럴 때 사용하는 표현입니다.

I don't know what to say.
뭐라고 말해야 할지 모르겠네요,

너무 기쁘다 보면 정말 뭐라 말을 해야 할지 모른답니다. 아니 모르는 게 아니라 아무런 기억이 나지 않습니다. 마치 머리가 백지장처럼 되어버리니 입을 벌릴 수가 없는 겁니다. 그러한 기쁨이 넘치는 오늘이 되었으면 합니다.

275 일차: What do you want to be?

오늘의 간단한 영어 표현

누구나 어렸을 때가 있습니다.
어렸을 때는 순수했다고 하는데 세월이 가면서
그러한 순수한 모습이 조금씩 사라지는 것 같습니다.
어렸을 때 어른들이 아이들에게 사용했던
표현입니다.

What do you want to be?
무엇이 되고 싶니?

초등학교 때는 대통령이 된다고 했다가 중학교 때는
교사가 되고 싶다고 합니다. 그러다가 고등학교 때에는
아무런 생각을 안 한답니다.
커가면서 꿈은 쪼그라들고 현실의 높은 벽을 실감하게
됩니다. 그것이 인생인 것 같습니다.
그렇지만 꿈을 버리지 말고 열심히 사는 오늘이
되었으면 합니다.

276 일차: Don't blame me.

오늘의 간단한 영어 표현

누구에게나 권리와 의무가 있습니다. 사람들은 권리를
누리려고 하나 의무는 하려고 하지 않는 경우가
많습니다. 의무가 있기에 권리가 있는 것입니다.
그러한 의무를 안 하고 나중에서야 변명하는 사람들에게
사용하는 표현입니다.

Don't blame me.
저를 탓하지 마세요.

누구에게는 의무가 되는 것이 누구에게는 권리가 될 수가
있습니다. 그러한 권리와 의무와 균형을 이루어야 한다고
생각합니다. 사람 사는 것도 항상 좋을 수도 나쁠 수도
없듯이 우리는 해야 할 것과 하지 말아야 할 것을 구분해
야 합니다. 그런데요. 가장 중요한 것은 그것을 우리의
양심은 알고 있다는 것입니다. 오늘도 우리의 마음이
가라는 데로 가는 하루가 되었으면 합니다.

277 일차: He is all talk.

오늘의 간단한 영어 표현

언행일치라는 말이 있습니다.
말과 행동이 일치해야 한다는 것입니다.
그것이 그리 쉬운 건 아닙니다. 그렇다고 말과 행동이
따로 논다면 그건 더더욱 좋지 않은 것입니다.
그래서 말 한마디를 하더라도 조심스럽게 해야 합니다.
그런데 주위에 보면 항상 말만하고 행동을 안 하는
사람이 더러 보입니다.
그런 사람들에게 사용하는 표현입니다.

He is all talk.
그는 항상 말 뿐이에요.

사람은 짐승과 달리 언어를 구사할 수 있는 능력을 타고
났습니다. 하지만 언어를 구사만 하는 게 아니라 그에
따른 행동도 해야 하는 것입니다.

그래서 저도 말만 번지르하게 잘 하는 사람을 별로
좋아하지 않습니다. 물론 모든 사람이 그러한 건 아니지
만 말 잘하는 사람은 행동이 조금 미흡한 경우를
봤기 때문입니다.
왜냐고요? 말을 잘 하는 사람은 본인이 말을 잘 한다고
생각하기 때문에 행동이 조금 잘못 되었다 하더라도
말로써 모든 걸 해결하려고 하고 해결할 수 있다고
생각하기 때문입니다.
말보다 행동을 소중히 여기고 말 한마디도 신중하게
하는 하루가 되었으면 합니다.

278 일차: He is my kind of guy.

오늘의 간단한 영어 표현

우리말에 유유상종이라는 말이 있습니다.
끼리끼리 논다고 하기도 합니다. 우리 근처에 친구를
보면 자기랑 성격이 비슷한 사람끼리 친구가 되는 경우가
많습니다. 성격도 비슷하고 환경도 비슷한 사람이 친구가
될 확률이 높습니다. 그건 비슷한 환경, 비슷한 성격의
친구가 자기를 잘 이해해준다고 믿기 때문입니다. 이렇듯
누군가가 자기와 비슷한 사람을 가리키면서 사용하는
표현입니다.

He is my kind of guy. 그는 저와 비슷합니다.

그는 '내 종류의 남자'라는 이야기입니다. 오랜 세월을
같이 지낸 부부를 보면 얼굴이 많이 닮은 걸 볼 수가
있습니다. 그건 오랜 시간동안 같이 지내고 같이 봐 왔기
때문에 서로 닮은 거라 생각이 듭니다.
그리고 거기다 건강까지 비슷하답니다. 왜냐고요? 먹는
게 같기 때문입니다. 주위에 이렇게 본인이랑 비슷한 사
람이 많다면 그런 사람을 우리는 인복이 많다고 합니다.
오늘 주위를 둘러보세요.누가 본인과 많이 비슷한지를...

279 일차: You are always welcome to visit.

오늘의 간단한 영어 표현

사람들을 보다보면 왠지 이상하게 끌리는 사람이
있습니다. 물론 뭔가가 서로 공감을 하는 부분이 있기
때문일 거라는 생각을 해봅니다.
잘 아는 사람이랑 닮거나 한다면 더더욱 그러하겠지요.
서로 마음이 통하는 사람을 볼 때 사용하는 표현입니다.

You are always welcome to visit.
가끔 놀러오세요

그냥 인사말이 아닌 정말 매일 와도 지겹지 않고 항상
해피바이러스를 심어주는 사람...
그런 사람이 주위에 많다면 매일 매일이 즐거운 시간이
될 것입니다. 주위를 둘러보세요. 그런 사람이 있는지...
없다면 본인이 그런 사람이 되도록 노력해 보는 건
어떨까요? 오늘도 누군가에게 설레임을 주는 사람이
되도록 노력하십시요.

280 일차: Put yourself in my shoes.

오늘의 간단한 영어 표현

다른 사람을 배려하고 이해한다는 것은 매우 힘든
것입니다. 그건 다른 사람의 입장을 몰라서 입니다.
그리고 다른 사람의 입장에서 생각한다는 것은 매우 힘든
일이기도 합니다. 이렇듯 누군가가 나의 입장을 생각
안 하고 행동할 때 사용하는 표현입니다.

Put yourself in my shoes.
내 입장에서 생각해 보세요.

다른 사람을 백 프로 이해한다는 것은 다 거짓말입니다.
그럴 수도 없고 그런 사람도 없습니다. 그건 오직 신만이
할 수 있는 것입니다. 그래도 최소한의 노력을 해 보는 건
필요하겠지요. 상대방을 이해한다는 것은 자기 자신도 이
해가 안가는 사람에게 있어서 더욱 힘든 것입니다.
내가 하는 행동도 이해가 안 될 때가 많은데 어떻게 다른
사람의 행동을 이해할 수가 있나요? 그래도 노력하고
애쓰는 사람이 되는 하루가 됐으면 합니다.

281 일차: She's a real looker.

오늘의 간단한 영어 표현

길가에 피어있는 꽃을 보면 아름답다.라는 생각을
합니다. 그 아름다운 꽃을 피우기 위하여 꽃은 모진 겨울
을 보내고 그리고 여러 해를 자랐을 것입니다.
꽃을 피우기 위해서는 많은 노력과 정성이 필요하다는 것
을 우리는 망각할 때가 많습니다.
여성들을 우리는 꽃으로 비유합니다. 아는 여성 중에
아주 매력적인 여성에 대하여 사용하는 표현입니다.

She's a real looker.
그녀는 매력적인 사람입니다.

진정한 아름다움은 그 내면에 있다고 합니다.
포장지가 이쁜 것이 아니라 그 안에 숨겨져 있는 마음씨
가 중요한 것입니다. 이쁜 것은 시간이 가면 시들지만
그 내면의 매력은 언제나 향긋한 향수처럼 우리에게
다가오는 것입니다. 우리도 누군가에게 매력 있는
사람으로 다가서는 하루가 되었으면 합니다.

282 일차: I have something to tell you.

오늘의 간단한 영어 표현

우리는 하루에도 수많은 대화를 합니다.
대화의 홍수 속에서 사는 것입니다. 말을 많이 하는 사람
들은 집에 가면 말을 하지 않는답니다. 그것은요. 말을
하는 것이 직업인지라 집에서는 쉬고 싶어서입니다.
이런 대화를 시작할 때 사용하는 표현입니다.

I have something to tell you.
말씀드릴게 있어요.

누군가에게 그것도 특히 이성에게 말을 시작한다는 것은
쉽지가 않습니다. 왠지 모를 어색함과 쑥스러움이
먼저 자리 잡기 때문입니다. 대화를 하다보면
우리는 기쁘기도 하고 슬프기도 한답니다.
사람은 이렇듯 언어를 가지면서 다양한 감정을
가진 것 같습니다.
오늘도 이런 우리의 아름다운 언어를 사용하면서 사는
행복한 하루가 되었으면 합니다.

283 일차: You went too far.

오늘의 간단한 영어 표현

사람들이 사는 관계 속에서 정도라는 것이 있습니다.
그건 다시 말해서 선이 있다는 것입니다. 농담도 지나치
다 보면 농담이 안 됩니다. 친구를 놀린다고 해서 그 정도
가 심해지면 그건 놀리는 것이 아니라 비난하는 것이
됩니다. 이렇듯 누가 좀 정도를 벗어나는 행동이나
말을 하는 사람에게 하는 표현입니다.

You went too far.
그건 좀 심했네요.

사람에게는 누구나 욕심이 있습니다. 그것이 지나치면
과욕이라고 하지요. 욕심에는 정도가 있다는 것입니다.
어느 정도 욕심은 누구나 인정하는 것이지요. 욕심이 없
다면 그건 사람이 아니기 때문입니다. 어느 정도 사람들
을 재미있게 하기 위한 말은 필요하지만 그것이 지나치면
그건 재미가 아니랍니다. 서로간의 지켜야 할 건
지키면서 사는 하루가 되었으면 합니다.

284 일차: The weather is making me down.

오늘의 간단한 영어 표현

요즘 날씨가 매우 덥습니다.
아직 여름이 되지 않은 것 같은데 여름이라고 합니다.
어제는 현충일이라 왠지 모르게 우울했습니다.
그런데 날씨도 비도 오고 하늘은 시커멓고...
이런 날씨에 사용하는 표현입니다.

The weather is making me down.
날씨가 저를 우울하게 하는 군요.

사람의 기분은 주위에 영향을 받습니다.
그래서 영어에서도 사람의 기분을 나타내는 문장은
수동태를 사용한답니다. 가만히 보면 일년 중 정말
사람이 살기 좋은 날씨는 얼마 안 되는 것 같습니다.
매우 춥거나 매우 덥거나 아니면 미세먼지가...황사가...
그래도 모든 건 마음에 달려있다고 합니다.
날씨가 아무리 우리를 속여도 우리의 마음에는
언제나 맑은 하늘과 맑은 공기가 살고 있습니다.

285 일차: It's so muggy.

오늘의 간단한 영어 표현

아직도 6월인데 마치 8월의 중간에 서 있는
느낌이 드는 날씨입니다.
4계절이 뚜렷한 나라인 우리나라가 언제부터인가
2계절이 확실한 나라가 된 이유는 뭐 일까요?
봄은 오는 듯 가버리고 가을은 바람 불면서 겨울이 되어
버린 우습지 않은 코미디가 되어 버렸습니다.
이런 더운 날씨에 사용하는 표현입니다.

It's so muggy.
후텁지근하네요.

이열치열이라고 했습니다. 더울수록 더운 물 많이
마시고 찬물 마시면 배탈 나기 좋은 날씨이니까요.
덥더라도 할 건 하는 사람이 되어야겠습니다.
날씨는 더워도 언제나 봄의 마음을 가지고 사는
오늘 하루가 되었으면 합니다.

286 일차: I am getting fat as a pig.

오늘의 간단한 영어 표현

천고마비의 계절도 아닌데 살이 찌는 걸 느낍니다.
먹는 건 풍부해지고 운동은 게을리 하고
그 결과물인 것 같습니다.
항상 유지해 오던 몸무게가 하루가 다르게
변해가면서 심각한 고민을 해 봅니다.
이럴 때 사용하는 표현입니다.

I am getting fat as a pig.
요즘 살이 돼지처럼 살이 찌는 것 같아요.

나이 살 이라고들 합니다.
나이가 먹으면 찌는 살들...
특히 배에 집중되는 이것들...
세월을 누가 막을 수는 없지만 그래도 포기하지 않고
살을 빼야겠다는 생각을 합니다. 부지런히 산에 올라가서
살을 빼야겠습니다. 그래도 마음은 홀쭉하답니다.

287 일차: She is really hard to talk to.

오늘의 간단한 영어 표현

사회 생활하다보면 여러 종류의 사람들을 만납니다.
그 중에 보면 여성들 중에서 얼굴은 착하고 참한데
마치 얼음 같은 사람을 만나곤 합니다.
마치 장미와 같다고 할까요.
뭔가 가시를 품고 있는 그녀...
그런 그녀를 볼 때 사용하는 표현입니다.

She is really hard to talk to.
그녀는 말 걸기 어려운 사람입니다.

너무 쉬워보여도 그렇고 너무 어려워 보여도 그렇고 참 어려운 문제인 것 같습니다. 말을 걸면 찬바람이 쌩 하고 불 것만 같은 그녀...그런 여성들에게 남성들은 접근하기가 어렵답니다. 하지만 그런 여성들이 오직 한 남성을 위한 지순한 사랑의 소유자라는 것을 잊지는 말아야 할 것 같습니다. 오늘 그러한 사랑을 꿈꿔보며 하루를
보냈으면 합니다.

288 일차: She is talkative.

오늘의 간단한 영어 표현

침묵은 금이라고 했습니다. 그것은 말을 함부로 해서는
안 된다는 의미라고 생각합니다. 남성과 달리 여성분들은
정말 말을 쉴 새 없이 한답니다. 무슨 이야기가 많은지
만나면 세월 가는 줄 모르고 이야기를 한답니다.
그런 여성을 볼 때 사용하는 표현입니다.

She is talkative. 그녀는 수다스럽습니다.

남성과 여성은 근본적으로 다르다고 합니다.
그걸 인정하고 살아야지요. 남성들은 스트레스를 받으면
술을 마시지만 여성들은 스트레스를 받으면 말로서 푼다
고 합니다. 때로는 말을 하고 싶지 않을 때가 있는데도
계속 말을 종용하는 건 그건 별로 좋다고 생각하지
않습니다. 그래도 할 말은 하고 살아야겠지요. 그런데요.
여성들이 말이 줄어든다면 그건 더 위험하답니다. 또한
말이 많은 여성이 또한 매력일 수도 있겠지요. 모든 건
장단점이 있다고 합니다. 무엇을 좋게 보느냐에 따라
세상은 달라 보이니까요.

289 일차: You got me wrong.

오늘의 간단한 영어 표현

동물들과 달리 언어 생활을 하는 사람에게 있어서 언어는 사회 생활에서 중요한 역할을 합니다. 하지만 조그마한 말실수가 모든 것을 그르치기도 합니다. 하지만 뜻하지 않게 좋게 말하려고 했던 것이 상대방에게 잘못 받아들이는 경우가 있습니다. 그럴 때 사용하는 표현입니다.

You got me wrong.
그건 오해야!

여러 가지 상황을 고려해서 이야기 해야겠지만 모든 것을 다 알 수가 없기에 말실수가 나오는 것입니다. 사소한 농담도 상대방이 기분이 좋을 때야 그냥 넘어가겠지만 상대방이 안 좋은 일이 있을 땐 그것이 큰 상처를 줄 수가 있는 겁니다. 그래서 우리는 상대방의 심리와 상태를 볼 줄 아는 지혜가 필요한 것입니다.
내 입장만 고려하는 것이 아니라 상대방의 마음도 헤아릴 줄 아는 현명한 하루가 되었으면 합니다.

290 일차: What's the weather like?

오늘의 간단한 영어 표현

뉴질랜드에서 있을 때입니다.
아침에 길을 걷다가 보면 할머니를 만나게 됩니다.
그러면 아침 인사를 합니다. 지나가는 사람에게 꼭 '하이'
라고 인사를 합니다. 누군가와 이야기를 할 때 사심 없는
대화를 할 때 꼭 날씨 이야기를 한답니다.
상대방에게 날씨가 궁금할 때 사용하는 표현입니다.

What's the weather like?
날씨는 어때요?

농경사회에서는 날씨가 아주 중요한 역할을 했습니다.
그래서 비가 오지 않으면 기우제를 지내기도 하고 유럽에
서는 초창기에 비가 안 오면 왕을 바꾸기도 했답니다.
이렇듯 중요한 날씨 이야기가 산업화가 되면서
스포츠나 다른 이야기로 바뀐 것 같습니다.
요즘 날씨가 매우 덥습니다. 그럴수록 더욱 더 힘을
낼 줄 아는 마음가짐이 필요한 것 같습니다.

291 일차: I got all wet.

오늘의 간단한 영어 표현

요즘 날씨가 매우 무덥습니다. 아직 6월인데
마치 8월 같은 날씨...비가 오면 시원할 텐데요.
소나기가 온다고 합니다. 우산도 없이 거리를 거닐다
비를 맞을 때 사용하는 표현입니다.

I got all wet.
비를 맞았어요.

뉴질랜드에서는 비가 올 때면 사람들은 우산을
쓰지 않는답니다. 다운타운에서는 우산이 없어도 건물들
에 비를 막는 시설이 설치가 되어 있어서 그냥 지나갈 수
가 있답니다. 그리고 뉴질랜드의 비는 거칠어서 옆으로
날린답니다. 바람도 세고요. 그래서 우산이 무용지물이
됩니다. 우산이 있어도 바람에 꺾이고 날아가 버린답니
다. 그럴 때는 커다란 나무가 비를 피하기엔 좋은 장소가
됩니다. 혹시 올지 모르는 비에 대비하는
하루가 되었으면 합니다.

292 일차: Is this seat taken?

오늘의 간단한 영어 표현

우리나라에서도 봄이면 축제가 많이 열립니다.
각 도시마다 많은 행사와 축제들...
그런 행사에 가면 마치 딴 세상에 온 것처럼 하루가 즐거
이 간답니다. 외국에서도 이와 같이 각 마을마다 축제가
열립니다. 그런 축제를 가서 자리를 앉으려고 할 때
빈자리 옆에 있는 사람에게 사용하는 표현입니다.

Is this seat taken?
여기 자리 있나요?

직역하면 이 자리를 취해져 있나요? 하는 표현입니다.
축제에 가서 마음껏 즐기는 건 좋은데 술을 너무 많이
마셔서 고기가 물을 만난 듯 제멋대로 하는 사람들이
많습니다. 같이 즐기는 자리에서 혼자만 그렇게 즐기는
사람들...별로 보기는 좋지가 않습니다. 항상 남을 생각하
고 배려하는 사람이 되었으면 합니다. 그래야
우리 사회가 건강한 사회가 되지 않을까요?

293 일차: Don't tell me what to do.

오늘의 간단한 영어 표현

사람들 중에 보면 남에게 너무 지나친 관심을 보이는
사람이 있습니다.
마치 남의 일을 자기 일처럼 생각해주는 사람
어쩔 땐 관심을 가져주어서 고맙지만 그것이 너무
지나치면 좋지가 않습니다.
그래서 남에게 미주알고주알 참견하는 사람에게
사용하는 표현입니다.

Don't tell me what to do.
이래라 저래라 하지 마세요.

어린 아이도 아니고 다 큰 어른에게 괜히 참견하는
것은 너무 실례인 것 같습니다.
물론 좋은 생각으로 그랬다 하지만 그것이 정도를
넘어버리면 그건 친절이 아니랍니다.
언제나 선을 알고 그 선을 넘지 않은 하루가
되었으면 합니다.

294 일차: Everything's coming up roses.

오늘의 간단한 영어 표현

오늘 아침 하늘은 맑고 푸릅니다.
이렇듯 매일 따뜻하고 화창하면 좋겠지만 인생은
흐리다가 비 오다가 천둥 치다가 어쩌다 하루 이렇게
파란 하늘을 보이는 것 같습니다.
그래도 이런 좋은 날이 온다는 것을 알고 기다려야
할 것 같습니다.
어떤 날들은 매일 매일 이렇게 좋을 날이 있습니다.

그럴 때 사용하는 표현입니다...

Everything's coming up roses.
만사형통이야!

그렇죠, 모든 일이 장비 빛처럼 펼쳐진다는 것입니다.
우리의 현실이 매일 풀리지는 않지만 그래도 매일 매일
장미꽃을 뿌려 놓은 길을 걷는 것을 꿈꾸어 봅니다.

295 일차: Have a ball.

오늘의 간단한 영어 표현

초여름의 날씨가 이제 곧 장마가 온다고 합니다.
장마가 오기 전에 미리 휴가를 준비하는 사람들이
있습니다.
그런 주위 친구 분들에게 하는 표현입니다.

Have a ball.
즐겁게 놀다 오세요.

직역하면 공을 가지라는 뜻입니다.
즉 공을 가지고 즐겁게 놀라는 의미에서 나온 것
같습니다.
어렸을 때는 공을 가지고 논 적이 많았습니다.
그러나 나이가 먹을수록 공을 만지는 시간도 줄고
운동으로 노는 시간보다 가만히 앉아서 먹으면서
노는 시간이 많아진 것 같습니다.
시간은 없어도 틈틈이 운동하면서 보내는 하루가
되었으면 합니다.

296 일차: Bite your tongue.

오늘의 간단한 영어 표현

언행일치라고 말과 행동이 일치해야 합니다. 하지만 말과 행동이 일치하는 사람은 찾아보기가 힘든 것 같습니다. 그 전과 달리 사람들이 많이 교육을 받다 보니 서로서로 자기 혼자만 제일 잘났다고 하는 사람이 많습니다. 그리고 배운 게 많아서 말을 아주 잘 합니다. 하지만 말에 대한 책임을 지려고 하는 사람은 없는 것 같습니다. '그저 그럴 수 있지요'하면서 그냥 넘기려고 하는 사람이 많아졌습니다. 인간이 언어를 말하지만 그에 대한 책임감도 있어야 한다고 생각합니다.
그런 사람들에게 사용하는 표현입니다.

Bite your tongue. 입 조심하세요.

직역하면 '당신의 혀를 깨물라'는 이야기입니다.
말은 한 번 하면 주워 담기 힘듭니다. 나에게는 농담이 될 수 있지만 상대방에게는 상처가 될 수가 있습니다. 서로 간의 지켜야 할 것이 있듯이 우리도 해야 할 말과 하지 말아야 할 말들이 있습니다. 남을 이해하고 배려하고 뭔가를 지킬 줄 아는 하루가 되었으면 합니다.

297 일차: I am easy

오늘의 간단한 영어 표현

이성과 함께 데이트를 하면 꼭 먹으러 갑니다.
영화보고 저녁 먹고 그렇게 한답니다. 여성들 중에서 음식을 가리는 사람이 있습니다. 뭐는 못 먹는다 뭐는 알레르기다 하면서 까다로운 사람이 있습니다. 저도 밀가루 음식은 소화가 안 되어서 잘 안 먹고 탄산 음료는 속이 더 부룩해서 잘 안 먹습니다. 복숭아는 알레르기가 있고 커피는 역시 안 맞습니다. 그런데 어떤 사람들은 아무거나 잘 먹는 사람이 있습니다. 그런 사람들이 사용하는 표현입니다.
I am easy. 난 가리지 않아요.

그런 사람 정말 부럽습니다. 강철도 씹어서 먹을 수 있는 사람, 그런 사람들은 또한 성격도 까다롭지가 않습니다. 저도 한 번 쯤은 위와 같은 표현을 사용하고 싶습니다. 그러나 속이 받아주지 않은 걸 어떻게 하겠습니까? 사람들이 맛있다는 라면도 저는 1달에 1번 정도만 먹습니다. 왜냐고요? 먹으면 배안에서 전쟁이 일어난답니다. 아무거나 가리지 않은 사람은 바로 모든 것이 자신 있는 사람입니다. 그런 하루를 꿈꾸어 봅니다.

298 일차: It's raining cats and dogs.

오늘의 간단한 영어 표현

이제 장마가 본격적으로 시작이 된 것 같습니다.
아침부터 창밖을 맹렬하게 내리는 비는
아직도 그 기세가 당당합니다.
이렇게 비 오던 날 뉴질랜드에서 대학원 문제로
학교를 가던 날 택시에서 운전기사 분에게
사용했던 표현입니다.

It's raining cats and dogs.
비가 엄청 오네요.

비가 오듯이 그렇게 옛날은 흘러가버리고
남아있는 건 아무것도 없는 것 같습니다.
그래도 비가 와도 그 뒤에 오는 화창한
날씨를 위하여
오늘도 즐거운 마음으로 지내야 할 것 같습니다.

299 일차: I couldn't ask for more.

오늘의 간단한 영어 표현

행복이라는 것은 마음에 있다고 합니다.
세상을 어떻게 보느냐에 따라서 세상은 달라 보이게 되어
있습니다. 세상을 긍정적으로 보느냐 부정적으로 보느냐
에 따라서 행복은 가까운데 있을 수도 있고 멀리 있을 수
도 있습니다.항상 긍정적이고 적극적인 사람들이
사용하는 표현입니다.

I couldn't ask for more. 더 이상 바랄 게 없어요.

욕심은 끝도 없다고 합니다. 그리고 욕심의 끝은 결코
좋을 수가 없는 것입니다. 사람들이 산에 오르는 것은
위만 쳐다 보지 말고 밑을 쳐다 보기 위해서입니다.
산 아래 무수히 많은 세속적인 것들 산 위에서 보면 별 것
이 아닙니다. 하지만 그것들을 위해서 청춘을 버리고
친구도 버리는 그런 삶이 결코 좋아 보이지가 않습니다.
지나보면 다 부질없는 것들 이제는 놓아줄 때가
되었습니다. 그래야지 행복이 오는 게 아닐까요?

300 일차: Don't work too hard.

오늘의 간단한 영어 표현

경제가 하루가 달리 안 좋아진다고 합니다.
그럴수록 정신 차리고 열심히 살아야겠습니다.
그래서 직장에서 퇴근하고 나서도 야간에도 일을
하는 가장이 많아진 것 같습니다.
그런 가장들에게 하고 싶은 표현입니다.

Don't work too hard.
너무 무리하지 마세요.

돈은 나중에 벌어도 되지만 건강은 한 번 잃으면
소용이 없습니다.
물론 현실이 녹녹치 않지만 그래도 조금의 여유를
느끼는 하루가 되었으면 합니다.
모든 여유는 마음에서 온다고 합니다.
하루에 1분이라도 잠시 호흡을 가다듬을 수 있는
여유를 느꼈으면 합니다.

301 일차: Leave it to me.

오늘의 간단한 영어 표현

아침에 일어나면서 하루는 시작이 됩니다. 그럼 머릿속에 고이는 생각들 그리고 숙제들, 사람이 살면서 문제가 없는 사람은 없습니다. 문제는 항상 있기 마련이고 그 문제를 어떻게 풀어야 할지를 생각해야 합니다. 문제를 두려워하지 말고 어떻게 풀어야 할지를 생각해야 합니다. 그런데 그런 문제를 누군가가 풀어준다면 그것보다 좋은 일은 없겠지요. 그 누군가가 사용하는 표현입니다..

Leave it to me. 저에게 맡기세요.

그런데요, 말로만 그런 사람도 간혹 있답니다. 말로만 하겠다고 해 놓고 실천을 안 하는 사람..오히려 본인이 하는 것 보다 엉망으로 하는 사람...그래서요. 자기가 해야 할 일은 자기가 해야 합니다. 누군가에게 의지하다 보면 평생 그렇게 된답니다. 누군가를 도와주는 사람이 되어야 합니다. 누군가를 도와준다는 것은 그만큼 인생에 자신이 있고 여유가 있다는 이야기입니다. 누군가 어려움이 있다면 자신 있게 말씀해보세요. 저에게 맡겨주세요...라고

302 일차: I didn't catch your name.

오늘의 간단한 영어 표현

사회생활을 하다보면 많은 사람을 만나고
헤어집니다.
그런 사람들 속에서 누군가를 기억해야
할 때가 많습니다.
그 누군가의 이름을 기억해야 하는데 하루에도
많은 일을 잊어먹고 사는 게 우리의 현실입니다.
누군가를 다시 만났을 때 사용하는 표현입니다.

I didn't catch your name.
성함이 뭐였죠?

그냥 이름 물어보는 게 실례라고 생각하고 지내도
되겠지만 그것이 보통 불편한 게 아니랍니다.
그래도 불편한 것보다는 그래도 이름을 아는 게
훨씬 낫겠지요.
꼭 기억해야 할 사람의 이름은 기억하는 하루가
되었으면 합니다.

303 일차: Not in my book.

오늘의 간단한 영어 표현

이 세상에 사람들이 똑같은 생각을 가지고 있다면
세상은 더 이상의 발전은 없을 것입니다.
서로 다른 생각이 있기에 우리는 갈등이 있고 또한
그런 경쟁 속에서 인류가 발달이 되지 않았나 하는 생각
을 해 봅니다.
우리가 의견이 다르다고 해서 상대방을 무시하거나 적대
시해서는 안 될 것입니다. 누구나 자기의 생각이 있는 것
이고 무엇이 맞거나 틀리거나 하는 것은 없기 때문입니
다. 세상에는 진리가 없다고 합니다.
왜냐면 진리는 변하기 때문입니다.
누구랑 생각이 다를 때 사용하는 표현입니다..

Not in my book. 내 생각에는 그렇지 않아요.

그렇죠. 내 책에는 그렇게 쓰이지 않았는데...
내 생각에는 그렇지 않다는 것입니다.
뭐든지 생각하기에 따라서 달라진다고 합니다.

좋게 보면 마냥 좋은 거고...
나쁘게 보면 그저 나쁜 것입니다.
나의 생각의 좋은 점과 다른 사람의 생각의 좋은 점을
결합하여 더 나은 것을 추구하는 것이 변증법이라고
합니다.
그러한 결과가 진리에 도달하는 것이랍니다.
생각은 누구나 같을 수는 없습니다.
하지만 인간이기에 생각이 있고 생각을 하기에
인간이라는 것을 명심하며 긍정적인 사고방식과 넓은
아량으로 세상을 볼 줄 아는 하루가 되었으면 합니다.

〈INDEX〉